JOY SORMAN

JAK ZWIERZĘ

Z języka francuskiego przełożyła
Krystyna Szeżyńska-Maćkowiak

WYDAWNICTWO
SONIA DRAGA

Tytuł oryginału:
COMME UNE BETE

Copyright © Éditions Gallimard, 2012 Cet ouvrage, publié dans le cadre
du Programme d'aide à la publication BOY-ŻELEŃSKI, a bénéficié du
soutien du Service de Coopération et d'Action Culturelle de l'Ambassade
de France en Pologne et de l'Institut français.
Książkę wydano dzięki dofinansowaniu Wydziału Kultury
Ambasady Francji w Polsce w ramach Programu Wsparcia
Wydawniczego BOY-ŻELEŃSKI.
Copyright © 2013 for the Polish edition by Wydawnictwo Sonia Draga
Copyright © 2013 for the Polish translation by Wydawnictwo Sonia Draga

Projekt graficzny okładki: Dariusz Sikora
Zdjęcie autorki: Catherine Helie © Editions Gallimard.

Redakcja: Jacek Ring
Korekta: Wioletta Bagnicka, Magdalena Bargłowska

ISBN: 978-83-7508-846-5

Sprzedaż wysyłkowa:
www.merlin.pl
www.empik.com
www.soniadraga.pl

WYDAWNICTWO SONIA DRAGA Sp. z o. o.
Pl. Grunwaldzki 8-10, 40-127 Katowice
tel. 32 782 64 77, fax 32 253 77 28
e-mail: info@soniadraga.pl
www.soniadraga.pl
www.facebook.com/wydawnictwoSoniaDraga

Skład i łamanie:
Wydawnictwo Sonia Draga

Katowice 2013. Wydanie I

Druk:
Drukarnia POZKAL Spółka z o.o.
Spółka komandytowa; Inowrocław

JAK ZWIERZĘ

Najprostszym sposobem, by utożsamić kogoś ze sobą, jest go zjeść.

Claude Lévi-Strauss,
„La Repubblica",
10 października 1993 roku.

Część I

Pojawia się w kadrze już w pierwszej scenie, spowity bielą i godnością, z nożem w ręce. Najpierw widać tylko jego osłonięty fartuchem tors i dłonie w metalowych rękawicach. Potem kamera się oddala, pokazując młodego mężczyznę w szerokim planie, i na ekranie jest już cała sylwetka, od stóp do głów – oto rzeźnik w każdym calu.

Obraz drga, przesuwa się teraz bardzo szybko, w rytm przytłumionych basowych dźwięków muzyki elektro: rzeźnik w przyspieszonym tempie ćwiartuje prosiaka, jeden po drugim oddziela kręgi, wykrawa żeberka wołowe, wycina rumsztyk, zeskrobuje tłuszcz z mięśni, maltretuje mięso pobijakiem, potem metalową zębatką, żeby je zmiękczyć i wygładzić, usuwa ścięgna i błony z wątroby i nerki, chwyta za nozdrza piękny cielęcy łeb, odziera go ze skóry, rozwija sznurek, oddziela mięso i rzuca je na papier, waży i podaje paczuszkę klientowi.

Brak nam pewności, czy dokładnie wszystko widzieliśmy. Tysiące na pozór bezładnych ruchów w ciągu stu pięćdziesięciu dwóch sekund. Potężne dłonie uwijające się przed okiem kamery macały krwiste, lśniące ochłapy w świetle reflektorów. Jeszcze tylko napisy końcowe i obraz zatrzymuje się na młodzieńczym uśmiechu rzeźnika: jego oczy błyszczą, przyciągają spojrzenia, są wilgotne, jakby mężczyzna miał się lada chwila rozpłakać.

Bohaterem tej reklamówki promującej zawody rzeźnika i masarza, krótkiego, amatorskiego filmu, który wyświetlono w jadalni tuż przed podaniem powitalnego trunku, był Pim.

Dwa lata wcześniej młody Pim rozpoczął naukę w ośrodku kształcenia rzeźników i masarzy w Ploufragan. Był wrzesień, zimy wiatr targał wierzchołkami drzew na małym dziedzińcu, pierwsze jesienne liście wirowały nad ziemią. Zgromadzeni pod daszkiem praktykanci zwrócili zziębnięte twarze w stronę podium: tu niepodzielnie panował dyrektor, jego donośny głos brzmiał jak uroczyste werble, *Witam panią i panów!* – i przyjaźnie, choć z lekkim rozżaleniem, uśmiechnął się do jedynej w tym gronie dziewczyny. Panu dyrektorowi pozostały trzy lata do emerytury i był nieco staromodny (jak tradycyjne flaki, przewyższające te *à la caen*, pyrkoczące przez pięć godzin na wolnym ogniu w kociołku, a w ostatniej godzinie podlewane pastisem) – dumnie wyprostowany, z wypiętym brzuchem i rękami splecionymi na plecach, nosił pantofle z klamrami i garnitur grafitowej barwy:

Panowie, panienko, na początek coś, co wyda wam się drobiazgiem, ale nim nie jest. Musicie wiedzieć, że rzeźnik krótko obcina włosy. To kwestia higieny i wizerunku. Widzę tu kilku, którzy będą musieli odwiedzić fryzjera. Krótkie włosy to czystość, ułatwienie życia sobie, ale i uprzejmość. Co do pani, to wystarczy, jeśli je pani zwiąże.

Już od pewnego czasu w snach Pima przewijały się uchwycone w technikolorze sylwetki krótkowłosych adeptów rzemiosła rzeźniczego. Te obrazy przesuwały się jak diapozytywy albo układały się jak w gramatyce Paniniego, były żywe i niezmienne, powracały w fazie snu paradoksalnego: zagnieździły się tam te twarze z meszkiem pod nosem, zagnieździły się w tak czytelnych snach młodzieńca. Portrety praktykantów ostrzyżonych na jeża, o czerwonych dłoniach, kanciastych, krótko obciętych paznokciach, które wrastają w zrogowaciałe skórki, i w wysoko podciągniętych skarpetkach. Chłopcy ukradkiem popalali, więc woń tytoniu na ich palcach musiała mieszać się z niepowtarzalnym – kwaśnym, metalicznym zapachem krwi i żaden z tych zapachów nie tłumił drugiego. W snach Pima zapachy były nachalne, rozwiewały się dopiero kilka minut po przebudzeniu, kiedy już zanurzył palce w czarce kawy.

Pim wcale nie marzył od dziecka, by zostać rzeźnikiem, to nie było jego powołanie, nie powodowała nim też chęć przejęcia rodzinnego interesu (jego rodzice pracowali w merostwie, a łączące ich relacje cechowała chłodna serdeczność małżonków, którzy nigdy nie zaznali namiętności towarzyszących zerwaniom i powrotom); chciał uciec ze szkoły, która najpierw nic go nie obchodziła, potem coraz bardziej nudziła, aż w końcu poczuł, że go wypala. Chciał znaleźć dobrą pracę, zarabiać, zabrać się do tego jak najszybciej, mieć fach w ręku, żeby wreszcie skończyła się cała ta gadanina o dalszej edukacji. Prawdę mówiąc, nigdy nawet nie udawał najlżejszego zainteresowania życiem intelektualnym, życiem studenckim, nie podzielał opinii tych, którzy wmawiali mu, że długie lata nauki to najpewniejsza droga do życia na przyzwoitym poziomie, odpowiedzialnego stanowiska, a także możliwość osiągnięcia pewnej pozycji społecznej. Zdążył zauważyć, że w dzisiejszych czasach studia niczego już nie gwarantowały, a już na pewno nie były przepustką do dobrze płatnej i stabilnej pracy.

W dodatku Pim miał talent w rękach, bo natura obdarzyła go smukłymi, bladymi dłońmi – pianisty, a nie rzeźnika, jak często mówił mu ojciec – o długich, kościstych i zręcznych palcach. Chłopak nigdy niczego nie potłukł, nawet kiedy był dzieckiem; jego gesty były szybkie i precyzyjne, a palce, choć niezwykle subtelne, tryskały energią. Potrafił rozsupłać najmocniej zaciśnięty węzeł, rozplątać najcieńsze sznurki, ręka nie drżała mu, gdy przyklejał okruszek porcelany do wyszczerbionego wazonu, zręcznie zdejmował kapsle z butelek piwa, obracał między palcami monety i bawił się gumkami, a nawet radził sobie z kłódkami, które wyjątkowo paskudnie się zacięły.

Było w nim coś ujmującego, co rzucało się w oczy już z daleka – wysoki i smukły, był zarazem muskularny, a do tego niczym żywe srebro.

Podczas gdy jego rówieśnicy gustowali w piwie, skatingu albo rocku, Pim najbardziej lubił swoje ręce, dzięki którym zdobył zresztą sporą popularność. Uważał je za skuteczne i eleganckie. I stworzone przede wszystkim do pieszczenia dziewcząt.

Pim patrzył na swoje ręce i zaczynał płakać.

Zresztą płakał często, bez powodu, a czasem nawet wtedy, kiedy nie miał na to ochoty, bo łzy wzbierały znienacka, nie w porę, nieoczekiwane i nieuzasadnione. Rodziców w końcu przestało to niepokoić, nie robiło to już na nich wrażenia, bo był taki od najmłodszych lat, a szkolni koledzy wyśmiewali tę jego płaczliwość. Początkowo przypuszczano, że to choroba łez, syndrom suchości oka, jakby ziarnka piachu w oku, kłucie igłą albo oparzenie. Ale nie – łzy pojawiały się zawsze w najmniej spodziewanej chwili, w niewłaściwej chwili, jak krew, która na pozór bez powodu leci z nosa. Pim płakał na widok swoich rąk albo psa biegnącego przez jezdnię, kurczaka w piekarniku, kędzierzawych włosów, kto więc mógłby stwierdzić, że to z emocji. Płakał też, kiedy był wzburzony, nieszczęśliwy albo obrażony, a łzy na różne okazje – te wytłumaczalne i te niepojęte – były zawsze takie same, tak samo słone, szpecące tę samą kanciastą, wydłużoną twarz o piwnych, podkrążonych, kocich oczach.

Pim obserwował leżące na blacie biurka dłonie, i chociaż nie ściskało mu się serce, nic nie chwytało go za gardło, nie uginały się pod nim nogi, to jednak płakał. Brak uczuć, ani śladu wzburzenia, tylko ta woda, która cieknie z niedokręconego kranu, wyciek z sieci, mechaniczna fontanna.

Jeszcze o tym nie wiedział, ale właśnie ręce miały mu zapewnić świetlaną przyszłość.

Ten młody chłopak zupełnie nie rozumiał mechanizmów ekonomii, praw rynku i przepływów finansowych, lecz nie słuchał tych, którzy przepowiadali śmierć rzemiosł, uznając je wszystkie za przeżytek skazany na definitywny zanik, za pozostałości niegodne tak zaawansowanego stadium rozwoju gospodarki. Wolał pozostawić innym wydumane, nowoczesne profesje – marketing czy komunikację – i wybrać brudną, konkretną robotę.

Spokojnie dotrwał do końca trzeciej klasy, był uczniem miernym, ale grzecznym, nie rzucał się w oczy, nie sprawiał kłopotów. Po drugim trymestrze doradczyni zawodowa wręczyła mu broszurę informacyjną, *Pim, rozumiesz, że to nic złego, przeciwnie, to gwarancja, że zdobędziesz dobry fach* – tłumaczyła, ale niepotrzebnie, bo uczeń był daleki od załamania, a broszura obiecywała połączenie praktyki z nauką szkolną, świadectwo ukończenia średniej szkoły zawodowej po dwóch latach, a poza tym cztery tysiące miejsc pracy czekających każdego roku w sklepach mięsnych w całej Francji i pensję praktykanta wynoszącą od dwudziestu pięciu do siedemdziesięciu ośmiu procent najniższej krajowej, no i zatrudnienie w sektorze, któremu nigdy nie zagrozi kryzys.

Ale dlaczego nie piekarnia, murarka czy stolarstwo? Bo rzeźnictwo było dochodowe, rzeźnik nie pracował pod gołym niebem, na wietrze i deszczu, a mięso pociągało Pima bardziej niż drewno – tak to już bywa.

Tego ranka na dziedzińcu ośrodka szkoleniowego w Côtes-d'Armor nikt nie dałby pięciu groszy za tę trzydziestkę nastolatków o zaczerwienionych od wilgotnego morskiego wiatru twarzach, dzieciaków targanych przez burzę hormonów,

smarkaczy z meszkiem nad górną wargą, pu-
klami włosów lepiącymi się do czoła, chłopców
o pulchnych policzkach, garbiących się, trzyma-
jących ręce w kieszeniach kurtek albo obcisłych
bluz z kapturami i rozgniatających czubkiem
adidasa wyimaginowane niedopałki papierosów,
kiedy dyrektor monotonnym tonem wygłaszał
podniosłą mowę. Szesnastoletni Pim przerastał
kolegów o głowę – wydłużoną jak jajko i króciut-
ko ostrzyżoną, i rozglądał się swymi szeroko roz-
stawionymi oczyma.

W tej grupce znalazły się dwie osoby, które
natychmiast zwróciły na siebie uwagę pozostałych – właśnie Pim i dziewczyna w prostej spód-
nicy i butach do jazdy konnej. Ona stała prosto,
w lekkim rozkroku – przyszła rzeźniczka, która
na pewno nie zadowoli się posadą kasjerki udzie-
lającej klientom porad kulinarnych i gawędzącej
z nimi o pogodzie, bo zamierzała nosić wzmac-
niany metalową siatką fartuch i posługiwać się
przecinakiem do szynki. Teraz dyrektor mówił
i do niej, i do pozostałych:

*Dziś w zawodzie rzeźnika pracować mogą za-
równo mężczyźni, jak i kobiety, czasy, kiedy dźwiga-
ło się na plecach ubite bydło, dawno minęły. Natomiast coraz bardziej nieodzowna staje się doskonała*

znajomość anatomii zwierząt oraz przepisów i zasad higieny żywności.

Adepci słuchali, nie okazując zniecierpliwienia, chociaż wszystko to już wiedzieli, bo czytali broszurę: „Rzeźnictwo to wyjątkowa dziedzina, otwierająca wiele możliwości, różnorodnych dróg zawodowych i obejmująca szeroką gamę umiejętności".

Będziecie mogli pracować w tradycyjnym zakładzie rodzinnym, w sklepie albo na targu, ale możecie też wybrać firmę przygotowującą półprodukty dla restauracji, czy wreszcie zatrudnić się w dużej przetwórni.

Już to wiedzieli, czytali o tym.

Jakie zalety musi mieć przyszły rzeźnik?

Teraz wstrzymali oddech.

Jak już mówiłem, przede wszystkim troska o higienę – to naprawdę podstawa. Poza tym zdolności manualne, inicjatywa, umiejętność nawiązania dobrego kontaktu z klientami, no i oczywiście smykałka do handlu. Dyscyplina i lojalność wobec zespołu to kolejne nieodzowne cechy, a do tego dodałbym zamiłowanie do dobrej roboty.

Pim zaczynał się nudzić, wiatr powracał teraz krótkimi podmuchami, a chłopak przyglądał się kasztanowcom, na których widać już było pożół-

kłe liście – w tym roku zaatakowane przez paso-
żyty drzewa przedwcześnie zrzucały liście.

*Jak na pewno już wiecie, będziecie mieli ty-
dzień lekcji co trzy tygodnie. Resztę czasu spędzicie
na praktykach zawodowych w sektorze, którego nie
dotknęło bezrobocie... powinniście zawsze przygotowywać mięso tak, jakby miało trafić do członka
waszej rodziny, z wielką starannością i miłością...
początkujący pracownik zarabia miesięcznie tysiąc
pięćset euro brutto, doświadczony rzeźnik od trzech
do sześciu tysięcy miesięcznie... przeciętny Francuz spożywa dziewięćdziesiąt dwa kilogramy mięsa
rocznie... w rzeźniczym rzemiośle najważniejsze
słowo to „rzemieślnik"... mięso lubi wino... za
dawnych czasów wystawy sklepów rzeźniczych ma-
lowano na krwistoczerwony kolor...*

Uczniowie zaczęli się kręcić, lekki szmer na-
rastał niczym ławica mgły, ogarniał cały dziedzi-
niec, wypełniał go szeptami i odchrząkiwaniem
młodych ludzi, którym zasychało w gardłach.

*...witam serdecznie i życzę, żebyście przynieśli
chlubę temu wspaniałemu fachowi.*

Potem uczniowie przez chwilę klaskali – bez
przekonania – i szybko się rozproszyli, żeby błyskawicznie utworzyć małe grupki, kierując się
intuicją w doborze rozmówców. Pim postanowił

odejść na bok i wypalić papierosa – ostatniego. Zdecydował rzucić palenie, bo smak mentolowych royale'ów nie pasował do zapachu mięsa, a zieleń paczek kłóciła się z jego czerwienią. Postanowił rzucić palenie, chociaż to mogło rozczarować dziewczyny, które tak lubiły mentolowe pocałunki, tym bardziej ekscytujące, że wywołują podniecające mrowienie języka i dziąseł, przyprawiając o elektryzujący dreszcz. Jego pocałunki nie będą już miały pieprznego smaczku papierosów, ale dziewczyny zyskają coś innego, bo Pim planował wynająć za praktykancką pensję kawalerkę w centrum miasta.

Chłopak nie ma wyglądu rzeźnika, przemknęło przez myśl nauczycielowi obróbki tusz, kiedy Pim wszedł do klasy na pierwszą lekcję tego roku. *Taki chudzielec nie wzbudzi zaufania klienta, to wyciągnięte jak struna ciało nie zachęca do rozmowy.* Najchętniej kazałby temu chłopcu pałaszować po kilka befsztyków dziennie albo nakarmiłby go wołowym sercem, żeby przejął siłę tego zwierzęcia, dałby mu krwistą, wręcz surową pieczeń, ociekające gęstą, pełną krwią ochłapy, żeby jego krew zaczęła szybciej krążyć, albo obsmażoną krzyżówkę z żeberkami, która aż prosi się o wino – no, daj kieliszek, to cię wzmocni, Pim.

Musisz trochę przytyć, chłopcze, Czy ty w ogóle jadasz mięso? Oczywiście, proszę pana, to wrodzone, taki już jestem, mogę jeść za czterech i nie utyję. W takim razie pewno jesteś nerwowy. Nie, proszę pana, przekona się pan, że jestem bardzo spokojny.

To prawda, że w tym wnętrzu lśniącym bielą fajansu i neonowych lamp młodzi adepci rzeźnictwa wyglądali na łagodnych melancholików, ubrani w jednakowe fartuchy i zamknięci w chłodzie, chłodzie, który dopiero się zaczynał – w zimnych laboratoriach, gdzie preparuje się mięso, w zimnie chłodni i zimnie otwartego na ulicę sklepu rzeźniczego, chłodzie ubojni i hurtowni o świcie – tak, wydawali się wrażliwi i niezdarni, kiedy stali przy ostrych narzędziach.

Pim, przestań się gapić na ten nóż jak jakiś kretyn, weź go i krój, bo żeby zrozumieć nóż, nie trzeba na niego patrzeć, ale go używać – tak jest ze wszystkim. Wiecie, dlaczego człowiek jest inteligentniejszy niż zwierzę? Dlatego że ma ręce. Wół i kura nie mają rąk, łatwo to zauważyć. No i zapamiętajcie sobie jeszcze to powiedzonko: jak kura pod nożem.

W pierwszym tygodniu praktyk Pim zaczął pracę jako uczeń w sklepie rzeźniczym Morela w Ploufragan, gdzie stawił się w umówionym dniu ubrany w nieskazitelnie białą koszulę, lekko zbluzowaną na wklęsłym torsie, który nigdy nie wypełniał żadnego ubrania, w nowe wyprasowane dżinsy, a do tego nowiutkie mokasyny z czarnej skóry. Właściciel – napuszony pięćdziesięciolatek o pocętkowanej przez zimno twarzy – długo potrząsał ręką ucznia, pozostawiając na niej woń chloru, przez którą przebijał się zapach świeżego mielonego mięsa. Podkreślił, jak ważne jest w tym fachu wpojenie uprzejmości, której niekiedy brak młodemu pokoleniu, a potem dodał, że w pracy rzeźnika potrzebna jest prawdziwa pasja, żeby przygotowywać wyśmienite i pięknie prezentujące się wyroby i żeby zrywać się w środku nocy, a w ciągu dnia spędzać długie godziny w chłodni.

Ale Pim niczego się nie bał – nie straszne były mu zmęczenie ani zimno, ani praca. Bał się tylko, że zacznie szlochać bez powodu, sznurując na oczach szefa porcję na pieczeń, i że wyrzucą go za nadwrażliwość albo ze względu na higienę, bo przecież łzy w mięsie, z którego ma powstać kiełbasa, to sytuacja daleka od ideału.

Nie bał się niczego i bardzo mu się spieszyło. Żeby zdobyć dyplom, zarabiać, żyć własnym życiem. Dlatego zapewnił Morela, że gotów jest wykonywać najbardziej niewdzięczne prace ze sprzątaniem w laboratorium na czele – i co wieczór, kiedy inni dawno wrócili do domu, kończyć pucowanie i szorowanie. Wiedział, że w laboratorium będzie czuł się dobrze, jak na zapleczu sklepu, gdzie wyrabia się pasztety i inne wędliny, albo w chłodnej ładowni od podwórka, w której uprawia się największą sztukę – ćwiartowanie i gdzie zmywa się całe gówno. Pim nie miał w sobie pychy, był rozsądny i wytrwale dążył do spełnienia swoich ambicji: chciał zostać rzeźnikiem, rozpoznawać poszczególne części wołu i sprawnie operować nożem.

Od pierwszej godziny pierwszego dnia oddał się bez reszty rzeźnictwu, był jak wyrobnik, jak człowiek, który musi spełnić swe posłannictwo i czyni to z pełnym zaangażowaniem.

Zobaczymy, jak Pim oszalał na punkcie mięsa.

Pierwszy dzień pracy Pima w sklepie Morela zaczął się o szóstej rano, a skończył o ósmej wieczorem. Uczeń najpierw sprzątał laboratorium, a potem, do południa, obserwował, patrzył, jak rzeźnicy dzielą mięso, jak je trybują, jak usuwają skórę i nadmiar tłuszczu. Ubrany w biały fartuch, trzymał się z tyłu, milczał i splótłszy ręce za plecami, zapamiętywał choreografię scen rozgrywających się na jego oczach, wyczekując na łzy, które tym razem jednak nie popłynęły.

Drugiego dnia, nadal w roli obserwatora, przeszedł z zaplecza do sklepu, na stronę otwartą dla klientów, i pochylił się nad wystawą pełną galantyny, otulonych nieskazitelnie białą warstewką słoniny mięs, kurczaków, których nóżki kryły się w mankiecikach z białego papieru, eskalopków ułożonych na koronkowych serwetkach i przystrojonych natką. Nad witryną napis w ramce głosił, że *francuska jagnięcina ma wy-*

jątkowy smak, a wewnątrz rzeźnik popisywał się zręcznością – toporek tańczył nad klocem masarskim, rozcinał soczyste mięso, którego plastry lądowały na desce do krojenia: *jest trochę więcej, czy może tak zostać?* Pieczeń cielęca już została owinięta tłuszczykiem i zesznurowana z przyprawiającą o zawrót głowy zręcznością, mięso delikatnie rzucono na wagę, zapakowano, zważono, *kto następny?* – cały spektakl świetnej roboty zaczynał się od nowa.

Trzeciego dnia Pim segregował tusze w chłodni, mył lodówkę, w której przechowywano flaki, i obierał marchewkę do przystrajania mięs w cieście i pasztetów.

I tak przez kolejne dni uczeń ciężko pracował, uczył się szybko, o siódmej rano ćwiartował prosiaka, a o dziewiątej wieczorem mył posadzki. Poniedziałek minął mu pod znakiem panierowanych nóżek, wtorek to pasztet z głowizny (gotować świńską głowiznę do miękkości, następnie dobrze odcedzić i pokroić na drobne kawałki), środa upłynęła na topieniu smalcu i zbieraniu niespożywczego tłuszczu i wnętrzności, żeby wykorzystać je jako podpałkę, czwartek był dniem robienia kiełbas (trzeba naciągać gruby flak na specjalną tulejkę, ułożyć przygotowaną masę na popychaczu i obracać), piątek to owijanie mięsa na pieczeń cieniutkimi plastrami słoniny, a w sobotę Pim uczył się, jak przygotowywać mielone i siekane mięsa i to najbardziej mu się podobało. Wybierał najchudsze kawałki mięsa z żeberek i mielił je w maszynie. Urzeczony tym pięknem wpatrywał się w marmurkowatą, różowo-białą masę, która wysuwała się przez sitko tak zwanego wilka niczym podejmujące inwazję na sklep białe i czerwone robaki.

Przez dwa pierwsze miesiące mdłości praktycznie nie ustępowały, były uporczywe i ciężkie, jak kamień na sercu: odór krwi, smród wnętrzności i woń chloru odbierały mu apetyt, a do tego dochodziło zmęczenie fizyczne, zbyt krótkie noce, gorzka kawa pita w samotności, przy kuchennym stole, tuż po przebudzeniu, żołądek, który nie był w stanie przyjąć pożywienia, kiedy całe ciało domagało się jeszcze snu. Było ciemno, gdy Pim pierwszy przychodził do sklepu. Neonowe światła oślepiały go, drażniły siatkówkę, zimno metalu, mięsa, fartucha i metalowych rękawic przenikało go do szpiku kości. Wciąż jeszcze było ciemno, kiedy uczeń zanurzał sztylet do upuszczania krwi w mięsie i pierwsze krople spadały na warstwę trocin pokrywających podłogę.

Pim szybko nabierał wprawy i jego ruchy stawały się coraz pewniejsze, ale przypłacał to bólem stawów, bolała go prawa ręka i mrowiło w nogach, bo zbyt długo stał nieruchomo, pochylony nad blatem. Jego białą skórę pokryły czerwone żyłki, krew napływała i tętniła w zdrętwiałej ręce, która godzinami nie wypuszczała noża.

Ale Pim powtarzał te same gesty tydzień po tygodniu i te ćwiczenia w końcu pozwoliły przezwyciężyć zmęczenie, znieczuliły na ból, ponieważ przyzwyczajenie działa na ciało jak rozleniwienie i adrenalina zarazem, jak otępienie i uniesienie. Powtarzając te same gesty, oswaja je i poznaje, uczy się też nazywać emocje. Wystarczyło popatrzeć na rozpromienioną twarz ucznia – oczy jak migdały jeszcze się wydłużyły, zapadłe policzki zaokrągliły się, czerpał nieopisaną przyjemność z usuwania kości, ze starannego oddzielania od nich mięsa: nie pozostawiał na nich najdrobniejszego kawałeczka mięśni, były idealne, białe i czyste, jego nóż nigdy nie nacinał włókien, mięso było gładkie jak szal z czerwonego jedwabiu.

Wszystko go cieszyło – dość było spojrzeć na jego skupioną twarz, kiedy przygotowywał surową szynkę. Najpierw wolno podwijał rękawy fartucha, sadzał długie ciało na niskim taborecie, nogi trzymał w rozkroku, kolanami niemal dotykał brody, a między gumowymi butami ustawiał pojemnik z grubą solą; potem zanurzał w niej szynki i zaczynał je mocno nacierać, przesuwając ręce wzdłuż włókien. Sól drażniła skórę jego za delikatnych, za smukłych palców, a uczeń płakał rzewnymi, kwaśnymi łzami, ale nie z bólu, tylko przez rozbitą na ledwie widoczne drobinki sól, która osiadała na jego rzęsach.

Dzień za dniem Pim nacierał szynki, nigdy nie narzekając, a kiedy tak je nacierał, już wyobrażał sobie, że jest najlepszym fachowcem we Francji, że zdobył nagrodę za wędliny z podrobów, osiągnął mistrzostwo świata w rozbieraniu mięsa, że ma w małym palcu rzeźnicze rzemiosło. Pim marzył, by stać się krwawym rycerzem krainy mięsa.

Pewnego dnia wybuchła sprzeczka między innym uczniem szkoły rzeźników i masarzy a Pimem, którego tamten oskarżył o wcześniejsze przygotowanie mielonego mięsa, chociaż wiadomo, że siekane steki przygotowuje się na zamówienie, na oczach klienta. Pim konsekwentnie zaprzeczał – *to potwarz!* – ale tamten obstawał przy swojej wersji.

Żeby rozstrzygnąć spór i pomścić afront, Pim rzucił mu wyzwanie: niechaj stanie do pojedynku. Ustalono, że skłóceni stoczą walkę na zagubionej w lesie Broceliande polanie.

W umówionym dniu świadkowie ustawili jeden naprzeciw drugiego dwa pniaki, które dzieliła odległość piętnastu stóp. O wschodzie słońca, mimo gęstej mgły i lodowatego deszczu, miał się odbyć pojedynek. Uczniowie zajęli miejsca przed pniakami oznaczonymi symbolami swoich rzeźników. Obaj trzymali w ręce rzeźnickie noże, u pasa mieli toporki, a ich nakrochmalone fartuchy były starannie uprasowane. Sędzią w tym pojedynku został mistrz Morel. Nie spuszczając się z oka, zwaśnieni z namaszczeniem ostrzyli noże, otarli ręce o szorstkie płótno fartuchów, a potem skrzyżowali ostrza. Na dźwięk rogu obaj chwycili zadnią ćwierć wołu, toporki sucho uderzyły o drewno pieńków – zwycięzcą miał zostać ten, który wykona lepszą robotę, który lepiej podzieli wołowinę. Teraz ich palce rozdzielały tkankę wzdłuż włókien, odrywały tłuszcz i nerwy, zaciskały się na rękojeści noża, zanurzały się w mięsie i potrząsały nim, bezlitośnie je szarpiąc. Po upływie regulaminowego czasu Pim – spływający potem, z podkrążonymi, zasnutymi czerwoną mgiełką oczyma, w brudnym fartuchu, ze zbolałą, drżącą ręką – został uznany za zwycięzcę.

Mijały miesiące, a Pim nie opuszczał ani dnia pracy i nauki, nigdy nie zawodził, wciąż wytrwale uczył się zawodu, był zawsze pogodny i opanowany, zawsze dokładny i staranny – tak zaangażowany, że wszystkie jego pragnienia i cały czas pochłaniało, wysysało mięso, a on, oddając mu każdą chwilę, pozbawiał się przyjaciół, dziewczyn, rozrywek – tych kilka miesięcy starczyło, by życie chłopaka stanęło na głowie, ale przecież właśnie tego chciał. Ten młody człowiek o naturze samotnika, unikający rzucania się w oczy, z każdym dniem coraz bardziej zatracał się w rzeźnictwie, do którego miał smykałkę i które dawało mu satysfakcję.

Morel był dumny ze swego ucznia – odczuwał tę bezpodstawną satysfakcję, na którą zapracował nie on, ale ktoś inny. Pewnego wieczoru, po zamknięciu sklepu, skinął na Pima, prosząc go, żeby został, podsunął mu krzesło i kilka plastrów kiełbasy, napełnił szklankę i z patosem położył potężną dłoń na kościstym ramieniu ucznia: *jesteś najlepszy, daleko zajdziesz, bo szanujesz ten zawód. Pamiętaj, że rzeźnik jest jak lekarz, ma władzę, życie klientów spoczywa w jego rękach. Nigdy o tym nie zapominaj. Człowiek może się przejechać na tamten świat, bo najadł się starych ochłapów, bo mięso się zepsuło, bo obróbka była nie taka, jak trzeba, albo chłodnia nie działała. Zdarzają się ochłapy, których nie chce tknąć nawet kundel. Trzeba wiedzieć, jak przechowywać mięso, jak je konserwować. Można je długo obsuszać, jeżeli nie zostało oczyszczone, jeżeli na kościach pozostał tłuszcz. Ale jeśli nóż wbił się raz w mięso, wszystko toczy się błyskawicznie, bakterie mają utorowaną drogę, a mięsień, który dotąd był bezpieczny, „dojrzewa", potem schnie, zaczyna się rozkładać, zielenieje i zatruwa. To, co było czerwone, robi się lśniące i brunatne, potem zielone, a smród amoniaku i zgnilizny przyprawia o mdłości – mięso zmienia się w truciznę.*

Tego dnia Pim uświadomił sobie, że mógłby zabić człowieka kiełbaską z zepsutej krzyżówki i to wprawiło go w wielki niepokój, stało się powodem swoistego ubolewania i, co dziwne, gwałtownie rozbudziło palące pożądanie – zapragnął przespać się z dziewczyną. Pomyślał o dziewczętach, które już od miesięcy zaniedbywał.

Ale czy rzeźnicy pociągają dziewczyny? Czy dziewczyna ma ochotę kochać się z chłopakiem, który pachnie kiełbasą z Montbéliard, wędzonką, kurczakiem pieczonym w ziołach i zakrzepłą krwią? Bo te zapachy ciągną się za rzeźnikami, pozostają na ich ubraniach, ale nie tylko, przenikają ich włosy, trwają pod paznokciami, przylegają do skóry, biją od całego ciała. Mycie, szorowanie – to wszystko na nic, zapach się utrzymuje. Pim musiałby wziąć dwa tygodnie urlopu, nie zbliżać się do zakładu Morela, żeby ten odór zniknął bez śladu. Towarzyszył mu bez przerwy, odrzucający i bliski. On sam już go nie czuł, czasami używał wody kolońskiej, żeby ukryć go przed innymi, choćby przed rodziną, z którą miał usiąść do wspólnego posiłku. To zapach surowego świeżego mięsa, metaliczna woń krwi i detergentów, które przenikają przez gumowe rękawice ochronne i wsiąkają w skórę. Czy istnieją dziewczyny, które ta woń drewna i ciężkiej pracy zachęca, by wypowiedzieć: kocham cię, kocham cię i chętnie bym cię zjadła? Pim, schowałeś jaja w kalesonach? Jeżeli sperma cieknie ci po nogach, ja ją zliżę.

Przedtem dziewczyny kochały Pima dla jego spokojnych, kocich oczu, dla jego żywiołowego ciepła, dla tej smukłej, strzelistej sylwetki i pachnących miętą pocałunków. I dlatego, że się nie spieszył, że miał tak rzadką u szesnastoletnich chłopców cierpliwość, że na spółkę palił z nimi papierosy, mówił niewiele, ale tak miękko patrzył na nie kątem oka. Przedtem Pim spotykał dziewczęta w szkole albo na placu, w soboty, kiedy do późnej nocy przesiadywali tam na ławkach. Już od paru miesięcy nie pojawił się na placu. Tego wieczoru było ciepło, zaczynało zmierzchać, więc może nadarzała się dobra okazja, żeby tam zajrzeć, żeby spotkać jakąś dziewczynę i zaprosić ją na kanapę z Ikei.

Na małym, obsadzonym kasztanowcami placu piętnastka dziewcząt i chłopców oblegała ławki, na których stały zgrzewki piwa, leżał tytoń do robienia skrętów, a obok, przy swoich skuterach, czule obejmowały się pary. Dziewczyny siedziały na kolanach chłopców i odwrotnie. Słuchawki mp3 wędrowały od ucha do ucha, przekazywane jak ustnik, którym dzielą się nurkowie, tyle że tu młodzież dzieliła się hip-hopem i mówiła o kultowych motywach i basach, w które ze znawstwem wsłuchiwano się, używając telefonów komórkowych jako głośników. I tak do późnej nocy, aż w końcu niektórzy zaczynali szczękać zębami, ale nie spieszyli się do domu i przed rozstaniem zapalniczkami zdejmowali jeszcze kapsle z butelek, opróżniali torby chipsów o smaku barbecue i śmiali się, oblizując palce.

Powitali Pima głośnymi okrzykami, klepali go po plecach, dziewczyny wspinały się na palce, żeby cmoknąć go w policzek, wysoko, na czubku jego metra dziewięćdziesięciu. *Wieki cię tu nie było, tyrasz jak wół.*

A przecież wielu z nich terminowało – u piekarzy, hydraulików czy fryzjerów – a inni jakoś żyli z drobnych dorywczych prac. Niektórzy chodzili jeszcze do liceum albo spędzali cały tydzień w Saint-Brieuc, w szkole pomaturalnej czy na pierwszym roku studiów. Wszyscy marzyli, żeby się stąd wyrwać, zostawić za sobą Ploufragan z jego jedenastoma tysiącami mieszkańców, mgłę przesiąkniętą solą i wżerającą się w cienką tkaninę kurtek, zostawić za sobą szary kamień, bandę kumpli przesiadujących w cieniu neogotyckiego kościoła, uciec przed oślepiającą zielenią doliny Goëlo, przed megalitami, cieniem na obrzeżach lasu, przed tym stawem, nad którym leniwie płyną letnie dni, podobne do siebie jak nanizane na sznurek jednobarwne paciorki. Uciec z tej zindustrializowanej wsi, która ich zdaniem nie zapewnia żadnych perspektyw. Albo zatrudnić się w branży zootechnicznej, studiować biologię, kupić ubranie w centrum miasta i zająć się badaniami nad zdrowiem i higieną zwierząt hodowlanych w instytucie, ewentualnie w ośrodku patologii świń. Ale jeśli to komuś nie odpowiadało, to naprawdę pozostawał mu tylko wyjazd.

Pim też poważnie o tym myślał, chciał otworzyć sklep rzeźniczy w Paryżu, w tym mieście, gdzie najlepiej na świecie przetwarza się mięso.

Wprawnym ruchem, przytykając kapsel do krawędzi ławki, otworzył butelkę i łzy napłynęły mu do oczu, zanim piana wypełniła szyjkę. Słona ciecz błyskawicznie zebrała się na rzęsach, jak ta pianka, która wyrosła nad otworem butelki i zaczęła wolno spływać po szkle. Wszystko wymknęło się spod kontroli – Pim ocierał łzy rękawem, spijał pianę z szyjki butelki, a rozmowa toczyła się jakby nigdy nic, jakby nikt niczego nie zauważył, bo przecież wszyscy tu wiedzieli, że Pim płacze, od zawsze płakał bez powodu. *Pim, jest ci smutno? Nie. Boli cię coś? Nie. Wzruszyłeś się? Nieee. Pim, ale przecież ty płaczesz. Tak, na to wygląda. Kto tak wstrząsa piwo? Głupi dowcip! Pim, jesteś gorszy niż baba,* a potem kaskada schrypniętego od papierosów śmiechu, który dźwięczy tym głośniej, że wokół panuje głęboka cisza nocnej pustki.

Na ławce na wprost trzy koleżanki popijały z butelki białe wino. Siedziały po turecku, z dala od reszty, i rozmawiały półgłosem, mówiły coś o tchórzliwym facecie, o dominującej teściowej, rozhisteryzowanej młodszej siostrze, wstrętnej belfrzycy, o niezapomnianych imprezach – takie dziewczyńskie historyjki, o przyjaźni i o nocach. Jedna z nich wpadła Pimowi w oko. Krótkowłosa, o drobnych piersiach, ubrana była w obcisłe dżinsy i espadryle, które rozdeptała jak bambosze, więc zsuwały się, odsłaniając małe stopy o paznokciach polakierowanych na połyskliwy róż.

Pim podszedł do nich, *cześć, dziewczyny, mogę usiąść? Nie widzisz, że rozmawiamy? Przeszkadzasz nam. Mimo to przedstawię się – Pim, rzeźnik, a wkrótce, przy odrobinie szczęścia, masarz-wędliniarz – będziecie do mnie przychodzić po pieczeń na niedzielę i po kilka plasterków szynki, kiedy już staniecie się prawdziwymi kobietami. Spadaj. Gdybyście mnie potrzebowały, jestem w pobliżu, na ławce. Czekam.*

Pim cofał się, nie odrywając rozpalonych oczu od dziewczyny w espadrylach, dziewczyny o zadziornej brodzie, a ona wytrzymała to nachalne, przenikliwe spojrzenie.

Później, nocą, dziewczyna podeszła do jego ławki. Leżał tam, splótłszy ręce pod głową, z podkulonymi nogami. Plac niemal zupełnie opustoszał, a ci, którzy zostali, drzemali oparci o skutery, upojeni alkoholem, haszem i rozmowami. Pim czekał na dziewczynę, chociaż właściwie nie wierzył, że przyjdzie, a ona wyciągnęła do niego rękę – *rusz się, mam ochotę na befsztyk z frytkami* – chwycił tę dłoń – była ciepła, o wiele cieplejsza od rześkiego powietrza nocy.

Oczywiście, że o tym pomyślała, trudno nie pamiętać o tym, że prześpisz się z chłopakiem, który przez cały dzień kroił mięso – nie mogła o tym nie myśleć, nie zastanawiać się, jak to jest. Te poczerwieniałe od krwi dłonie, które dotykały mięsa w rzeźni, a teraz miały dotykać jej piersi – przesuwając się z jednego mięsa na drugie, te obeznane z anatomią ręce, które dużo pracują, oceniają to, czego dotykają, ręce, które trudno oszukać, oswojone ze śmiercią, a tej nocy gotowe operować na żywym, roztańczonym ciele.

Ale obnażonemu rzeźnikowi trzeba zaufać. W jego kawalerce to dziewczyna pierwsza zrzuciła ubranie, on rozbierał się odwrócony tyłem, a ona patrzyła na zajmujący całą jego prawą łopatkę tatuaż – był to rdzawoczerwony wół, bardzo realistyczny. Rysunek o doskonałych kształtach wtopił się w skórę i wyglądał jak warstewka krwi. Dziewczyna podeszła, uszczypnęła go, musnęła czubkiem języka, jakby smakując, chwytała zębami tę kolorową skórę, tak delikatną na plecach, niemal czuła smak mięsa zaklęty w rysunku – kształt tatuażu zaczął się zmieniać przy pierwszych ruchach ciała, wołowe żebra drgały, wzdymały się. Dziewczyna jeszcze nigdy nie widziała niczego równie pięknego i dziwnego. Pchnęła rzeźnika na łóżko i z impetem na nie skoczyła.

Pim wsuwał rękę wszędzie, gdzie mógł, głośno nazywał to, na co natrafiał, gicz, żeberka, polędwiczki – te słowa ją śmieszyły, chociaż już trochę mniej, kiedy przeszedł do udźca i szynki. Odrętwiałe po długich dniach ćwiartowania i oczyszczania tusz ciało ucznia wreszcie się odprężyło, odzyskało subtelność, jego ręce stały się łagodne – te mięśnie naturalnie się poruszały, skóra reagowała na zadrapania, krew krążyła w żyłach… dotknął palcami skroni dziewczyny i poczuł, jak pulsują.

Rzeźnictwo zaczyna się tam, gdzie kończy bydło – zaczyna się na obrzeżach miasta, z dala od ludzkich oczu, zaczyna się daleko od sklepów rzeźniczych, zaczyna się w ubojni.

W ciągu roku uczniowie muszą dwukrotnie odwiedzić to miejsce – to krwawy rytuał, ich chrzest bojowy, na który czekają z gorączkową obawą i niecierpliwością. Pim także bał się tej próby, nie był pewien, jak to jest dowiedzieć się, jak zwierzę zmienia status na truchło, a potem na jadalną materię, to nie taka błahostka, a patrzenie na rzeź musi pociągnąć za sobą pewne konsekwencje.

Przyszedł czas przekroczyć mur, za którym kryło się to tajemnicze, tragiczne miejsce. Przed brzaskiem wszyscy uczniowie stłoczyli się w minibusie, który zawiózł ich do rzeźni w Collinée, pokonując w ciemnościach trzydzieści osiem kilometrów. Pim drzemał, głowa opadała mu na bok i dotykała zimnej szyby, a postawiony kołnierz nie chronił przed tym nieprzyjemnym chłodem. Wszyscy wyobrażają sobie rzeźnię jako to miejsce za kulisami, gdzie krążą ci, których się nie widuje – strażnicy mięsa; uczniowie musieli mocno wziąć się w garść – wiedzieli, że to będzie krzyk i długi, oszałamiający krwotok.

Przed tą wyprawą uczniów zebrano w wielofunkcyjnej sali, żeby wyświetlić im film Franju *Krew zwierząt*, nakręcony w roku 1949 w rzeźni Pantin, gdzie kończyły się tory kolejowe i gdzie zatrzymywały się wagony bydlęce. Na ekranie dawny mistrz Francji w boksie [wszechwag] z petem w zębach wypruwał bydłu flaki, gorąca krew się lała, a jej opary w zimnym porannym powietrzu tworzyły gęsty, cuchnący obłok; inny robotnik ciął wołu piłą przy dwunastu uderzeniach dzwonu wybijającego południe, a siostrzyczki z pobliskiego klasztoru spieszyły do rzeźni po tłuszcz do swej kuchni, wyrobu kosmetyków i smarowania narzędzi; mężczyźni o szerokich barach wymachiwali młotami i toporkami, wprawnym ruchem wprowadzali pręt w otwór w czaszce, wbijali go w rdzeń kręgowy, uruchamiając proces śmierci. Po ich gołych rękach spływała krew, kiedy pogwizdując, ścinali łby cieląt i rzucali je w kąt, gdzie te głowy piętrzyły się jak kamienie na rumowisku. A potem głowy były cięte, nogi dzielone, ale korpusy, wciąż drgające, trafiały na stoły, były do nich mocowane i nadal, w ostatnich spazmach, już czysto wegetatywnych, zdawały się walczyć o życie, poddawać się tym ostatnim, rozpaczliwym odruchom wypatroszonego zwierzęcia – to mięso wyło i Pim najchętniej poodrywałby sobie uszy.

Kilka lat później, w roku 1964, wprowadzono ustawę, która nakazywała całkowite unieruchomienie zwierzęcia przed spuszczeniem krwi. Potem zabroniono podwieszania zwierząt bez ich uprzedniego ogłuszenia. Skończyły się czasy pijących krew wampirów-światowców, którzy grupkami przyjeżdżali nad ranem, po nocnych hulankach, żeby domagać się swojej porcji świeżej hemoglobiny – juchy zarżniętego przed chwilą zwierzęcia, którą wypijali duszkiem, odchylając głowę, żeby zregenerować zdemolowane ciało, nasycone alkoholem, upojone seksem i tańcem, a potem przywleczone o brzasku na paryskie przedmieście, gdzie biły źródła dobroczynnych substancji i wzmacniającego żelaza. Odjeżdżali pogodniejsi, zregenerowani, ich zmysły się rozbudzały, skóra odzyskiwała blask, umysł się rozjaśniał.

Dziś już nie wolno pukać do drzwi rzeźni o świcie, żeby poprosić o dawkę krwi i siły. Nie wolno już postępować jak ta baletnica z paryskiej opery, która zwichnąwszy podczas spektaklu kostkę, kazała się natychmiast zabrać do Pantin, żeby zanurzyć nogę w jeszcze ciepłych trzewiach cielęcych. Siedziała tak, odliczając minuty, z nogą w cynowej misie, i czuła, jak opuchlizna ustępuje, jak ból słabnie. Po godzinie wybiegła z rzeźni, podskakując, jak zwykle radosna – rytuał i krew przezwyciężyły chorobę.

Pim patrzył na film w osłupieniu i przerażeniu, jakby oglądał horror o wampirach. Dziś ubojnie są nowoczesne, ale i tak bezgłowe ciała jeszcze drgają. Dziś jest inaczej, przekonywał samego siebie Pim, ale wiedział, że i tak będzie musiał zmierzyć się z widokiem chlustającej krwi, a dotąd zetknął się tylko z kawałkami mięsa.

***

Uczniowie stanęli przed wejściem do ubojni o piątej rano. Wokół zakładu unosiła się woń tłuszczu. Ubojnia składała się z szeregu metalowych hangarów rozrzuconych na stu siedemdziesięciu hektarach trawy. Przed zdumionymi rzeźnikami stała jedna z największych fabryk mięsa w Europie, gdzie na trzy zmiany pracują dwa tysiące robotników.

Pierwsze ciężarówki wjechały już na wielki parking, przywożąc transport świń. Miały wyjechać, zabierając poćwiartowane mięso przeznaczone głównie do sklepów sieci Leclerc w całej Francji.

Właśnie do ubojni trafia co noc zwierzęcy plebs, hodowlany proletariat, którego przeznaczeniem jest żywić planetę – użytkowy i produktywny, nie jak te nieprzydatne pudelki albo inne świnki morskie, służące najwyżej rozrywce. Pim czuł większą bliskość ze świnią niż z psem, miał więcej serdeczności dla krowy niż dla kota, więcej szacunku dla cielęcia niż dla papugi.

Uczniowie podążali za procesją porannej zmiany, która zaczynała pracę między 5.20 a 5.29, a kończyła o 12.30. Mieli dostosować się do tego rytmu, zapoznać się z linią produkcyjną, przejść przez chłodnie, hale magazynowe, ćwiartowania, przez pomieszczenia, w których odbywa się wytrzewianie i obróbka podrobów, przez jeliciarnię, halę wyrobu strun jelitowych, solarnię. Mieli spotkać się z weterynarzami i pracownikami inspekcji sanitarnej, zobaczyć pracę personelu sprzątającego i konserwatorów, a także proces obróbki i składowania wyrobów ubocznych.

Tymczasem mała, wystraszona grupka szła w milczeniu, oszołomiona ogromem tego miejsca, głęboką ciszą przeplatającą się z potwornym zgiełkiem, wonią dymu, blaskiem wszechobecnego metalu. Uczniowie weszli do szatni, gdzie przebrali się w bluzy, fartuchy z niebieskiego plastiku, siatki ochronne, gumowe buty, papierowe kapelusze z rondem, a do tego hełmy, ochraniacze na rękawy i rękawice – cały chirurgiczny uniform, który przeobraził ich w anonimowe, pasujące do tego miejsca postacie okryte warstwami sterylnego kauczuku. Robotnicy, jeszcze nierozbudzeni, zdejmowali prywatne ubrania – dżinsy, płaszcze, skórzane kurtki, żeby przebrać się w wysokogórskie, termoizolacyjne podkoszulki i długie kalesony, a na wierzch włożyć białe kombinezony i polarowe kurtki chroniące przed klimatyzacją, której podmuchy działały tu jak strumień lodowatej wody i wciskały się w każdą szczelinę, kiedy tylko człowiek na chwilę przystanął. Od chlewmistrzów i pracowników zajmujących się oprawianiem i ćwiartowaniem – oszczędnych w gestach, twardych i powściągliwych, czuć było jeszcze tytoń, bo naprędce, w drzwiach zakładu, dławiąc się dymem, dopalali papierosy, zanim odbili kartę. Kieszenie mieli pełne wafli w czekoladzie, suszonych moreli i tabletek Nicorette.

Wkroczyli w świat glazury, stali nierdzewnej, lamp neonowych, rur wentylacyjnych i odpływowych, przemysłowego sprzętu czyszczącego i ruchomych chodników. W pierwszej sali panował ogłuszający hałas, potworna wrzawa – to jeszcze nie krzyki zwierząt, ale głosy ludzi i huk pneumatycznych maszyn, pisk pił i podzwanianie haków, które o siebie uderzały.

Smród był tu silny i trudny do rozpoznania, jakby mieszanina potu i zjełczałego tłuszczu, amoniaku i spalonej świńskiej szczeciny, żółci i gumy. Wkrótce trzeba będzie wejść do strefy rzezi, już się tego domyślali, do teatru ofiarników, tam gdzie zwierzęta są podwieszane na haku wbitym w ścięgna, tam gdzie wzrok mimowolnie śledzi nurt krwi spływającej przez kratki, rozmywanej nieustannie silnym strumieniem wody, która zamienia wszystko w różową pianę.

Ubojnia to machina produkująca ścieki, które trafiają do miejskiej oczyszczalni, i odpady stałe, wywożone codziennie w szczelnie zamykanych ciężarówkach do zakładów utylizacyjnych. Tu sprzątanie i zmywanie zajmują tyle samo czasu co zabijanie, tu usuwa się tyle samo odpadów, ile wytwarza się mięsa, a pranie i dezynfekcja są równie ważne, jak upuszczanie krwi. Pracownicy obsesyjnie dbają o czystość obuwia ochronnego, raz po raz podchodząc do mechanicznych szczotek, które usuwają z białej gumy zeschniętą żółć i łajno, a krew i woda płyną bez końca tymi samymi ściekami, aż w końcu trafiają do morza, które połknie nas wszystkich. To tu Pim zaczął się zastanawiać, czy każda krew – ta ludzka i ta zwierzęca – pachnie tak samo. Wiedział już, że kolor bywa różny – od jasnoczerwonego po brunatny, niemal czarny, ale zapach był chyba identyczny.

Pim nie wszedł jeszcze do hali mordu, a już dopadła go krew – teraz go zalewała, wszystko wokół stało się czerwone, doznał wizji, potem nagle poczuł się, jakby mdlał, ktoś inny na jego miejscu już krzyczałby, że jest chory. Gruba, ciemnoczerwona czapa wirowała nad nim, wolno opadając i zakrywając go, wdzierała się w jego oczy, wciskała w nozdrza i uszy, spływała po udach. Poczuł się naprawdę źle, chciał, żeby wyprowadzono go z tego miejsca.

Głos instruktora oderwał ucznia od apokaliptycznych wizji: *tu wymogi higieny są znacznie bardziej drastyczne niż w sklepie mięsnym, nie wolno na przykład używać noży z drewnianymi trzonkami, na których mogą pozostawać zarazki, a wszystkie ostrza myje się w wodzie z chlorem w temperaturze siedemdziesięciu stopni.*

Chłopak odzyskał wzrok, czerwień znikała. Wziął się w garść, głęboko oddychał i na moment przymknął oczy, żeby nie zwymiotować do pierwszego mijanego wiadra na podroby.

Teraz uczniowie przeszli do sektora świńskiego, gdzie faktycznie kwiczenie prosiąt wypełnia halę. Tu, nad krawędzią śmierci, powietrze drżało od wrzasku i wycia, od głuchego, rozpaczliwego charczenia, od nieznośnych protestów sześciuset zabijanych w ciągu godziny – a sześciu tysięcy ginących co dnia – świń, od histerycznego muczenia i beczenia tyluż sztuk rogacizny. Tak trzeba, tak trzeba, powtarzał sobie Pim, ale to ohydne.

Kawałek dalej świnie przesuwały się jedna za drugą, zawieszone już na hakach, z rozpłatanymi brzuchami – nieszczęsne ofiary, kołyszące się na taśmie, ogolone od ryja po ogon. A swąd przypalonej skóry mieszał się ze smrodem gazów wydobywających się z brzuchów rozpłatanych zwierząt. Pim znów poczuł, że żołądek podchodzi mu do gardła, że robi mu się niedobrze.

Świnie – te wybebeszone klony o śmiertelnie bladej skórze – przesuwały się w zwolnionym tempie przed oczyma tępo wpatrzonych w nie uczniów. I oto nagle objawienie – Pim był przekonany, że rozpoznał jedną z nich, tak, rozpoznał ją z całą pewnością. Pim zaczął rozmyślać o tej świni, wiedział na pewno, że to zwierzę z hodowli Dubouta, wielkiej chlewni przy drodze departamentalnej, przy wyjeździe z Ploufragan. Dubout hodował tysiąc dwieście sztuk trzody na kratownicach, w boksach z indywidualnymi korytami. Pim oglądał tę hodowlę na początku roku. Tamtego ranka zwrócił uwagę na wyjątkowe zwierzę – świnia znieruchomiała na jego widok, zwróciła wielki łeb w jego stronę i długo mu się przypatrywała, jakby drwiąc z intruza, a potem zmrużyła ślepia (w Anglii naukowcy analizują zdolność świń do kłamstwa, dlaczegóż więc nie przyjąć, że te stworzenia potrafią drwić). Jej małe źrenice były okrągłe i błyszczące jak czarne perełki, a na ryju miała ciemnoczerwoną łatę, jak te znamiona, które przynosi się ze sobą na świat. Pim wyciągnął rękę i podrapał po czubku łba, między uszami, tę świnkę, a ona polizała jego palce jak dobry pies i zaczęła śmiać się jak hiena. To naprawdę nie było nosowe chrumkanie świni, ale przejmujący, kaskadowy chichot.

Czy masz pojęcie, jaki los jest ci pisany, świnko? A może tylko udajesz naiwną albo beztroską istotę, która nic sobie nie robi z przeznaczenia? Kiedy Pim ją poznał, była dwumiesięcznym prosiakiem. Proces tuczenia kończy się po dwustu dniach od urodzenia, kiedy zwierzę osiąga optymalną wagę stu dziesięciu kilogramów. Przez kolejnych dwadzieścia dni otrzymuje mniej karmy, a przez ostatnią dobę pości, żeby dotrzeć do celu w formie, żwawym krokiem, bez zbędnego tłuszczu, który pozostaje tylko tam, gdzie trzeba. I wreszcie dwieście dwudziestego dnia życia zwierzę trafia do ubojni. Ta świnia nazywała się René. Pim zapamiętał Renego, a to właśnie dwieście dwudziesty drugi dzień. Kochamy zwierzęta i jemy zwierzęta.

Pim widział, jak świnia kontynuuje ten szaleńczy pęd, chciałby krzyczeć, żeby robotnik zatrzymał taśmę, żeby przerwał tę rzeź, chciałby ocalić Renego, którego już zarżnięto.

Wydawało mu się, że zapomniał o tej śwince, ale obraz odcisnął się na jego rogówce i teraz wynurzył się podstępnie, wrócił jako zimne mięcho – to już nie anonimowa świnia, jedna z czternastu milionów sztuk zgromadzonych na obszarze czterech bretońskich departamentów, to nie trzydziestopięciokilogramowy kawał wieprzowiny, jaki rocznie zjada statystyczny Francuz – to świnia Pima, którą ten chciałby ocalić z przemysłowej hodowli, żeby zapewnić jej lepsze życie, życie na słomie, w cieple kompostu, a nie na oślizłym metalu. Nie spieszyłby się, tucząc ją na małym skrawku ziemi, podczas gdy na drugim końcu świata, w Kanadzie, w kraju inicjatywy i pomysłowości, w oświetlonych neonówkami gospodarstwach doświadczalnych, produkuje się nowoczesną wieprzowinę, wieprzowinę genetycznie modyfikowaną: mysie geny wszczepia się prosiakowi i już – wielkie zwierzęta lepiej trawią, szybciej się tuczą, wydalają mniej fosforu i powodują mniejsze skażenia. Mysz skrzyżowana ze świnią równa się lepszej pracy układu pokarmowego. Myszy są fantastyczne, potrafią robić wszystko, ale tu się ich nie jada.

Świnia René zniknęła już na końcu wyciągu, a Pim skinął jej ręką w geście pożegnania i bezsilności, geście bezsensownym wobec przerażającego widoku drgawek i dreszczy, podrygujących kręgosłupów, naprężonych mięśni, wywróconych oczu, zwisających ozorów, dygoczących ryjków, opadających łbów, wypadających wnętrzności, zwierząt odartych ze skóry jak banany, tego lasu zwierząt podwieszonych za nogi, zwierząt bezgłowych, a jednak rozpoznawalnych, bezgłowych świń, pozbawionych życiodajnego tchnienia, które wydychały nozdrzami, ale jednak wciąż jeszcze świń.

A przecież Pima bez głowy nie zdołano by rozpoznać. Bo ludzie to głowy, podczas gdy zwierzęta to ciało – obcina się im głowy, a potem nawet można je przyrządzić, pokroić w plastry i zjeść z octem. Dawniej obcinało się także ludzkie głowy – głowy mężczyzn i kobiet i wtedy te toczące się po szafocie głowy były jak świńskie i wołowe łby – były kawałkiem mięsa, który lądował w koszu kata. Podnosiło się je za włosy i pokazywało gawiedzi. A ciała ściętych walały się z boku i były już tylko truchłem.

Świńskie łby leżały teraz na metalowym blacie, odcięte nogi czekały obok, równiutko ułożone, zady zwisły w gronach, ozory czekały wysoko, ledwie widoczne, jak szpaler żołnierzy przed apelem, uszy tworzyły idealnie równe stosiki. Wszystko było uporządkowane i posegregowane jak mięso na kiełbasę, które wolno przesuwało się rurami, gładkie i jednorodne. W powietrzu unosiły się opary środków dezynfekujących. A Pim cierpiał.

Pośród tych, którzy dokonywali uboju, i tych, którzy patroszyli czy też wytrzewiali zwierzęta, znalazł się Pim o czystych rękach, nieskalany przelaną tu krwią. Pośród niezliczonych ciał Pim nie wytrzymał – miał tego dość. I zemdlał.

Najpierw oko zwraca się do wewnątrz z lekkim wytrzeszczem, potem zapada się i daje wciągnąć do oczodołu, a źrenica, zamiast na świat, patrzy w ciemność. Bo wewnątrz czaszki jest ciemno, nic tam nie widać, może ledwie świetlistą kropeczkę, jakby łebek szpilki tkwiący gdzieś w mózgu, ale w tym momencie mdlejący ma wrażenie, że odchodzi, oko jest teraz białe, wywrócone, powieki rozchylone, głowa ciąży i bezwładnie opada w tył, nogi się uginają, człowiek unosi się w morzu, jest mu duszno, głuche dźwięki plaskają o bębenki jak meduzy, białe błyskawice przecinają źrenicę, szumi w uszach, wszystko jest dalekie, wytłumione. Pim odpływał – najpierw oczy odwróciły się od rzeczywistości, potem w ślad za nimi odpłynęło ciało, unosiło się nad trupami, latało, ślizgało się, stało się lekkie, rozpływało się łagodnie, delikatne jak cynaderki.

Osunął się na posadzkę: trzy uderzenia w policzki, kropelka wódki miętowej na kostce cukru i już stał – chwiał się, ale stał. *No, chłopcze, weź się w garść, to dopiero początek.* Wizyta w zakładzie zapowiadała się na długą...

Pimowi przemknęło przez myśl, że uniknął najgorszego, że znacznie lepiej być rzeźnikiem, który stoi na końcu łańcucha, który sprzedaje zwierzę odarte ze wszystkiego, co zwierzęce: zwierzę bez skóry, bez łba i nóg. Ta myśl przyniosła mu ulgę. Pim doskonale wiedział, co jest w środku zwierzęcia – wypływające bez końca podroby, ale także zielone łąki, pieszczoty hodowcy, cielęce sznycle, które z niego powstaną, są wszyscy ludzie, którzy będą je jedli, jest długi łańcuch życia, nieprzerwany i niezmienny, jest teoria ewolucji, sekrety natury i całej ludzkości, którą trzeba wyżywić, jest świat, na którym zwierzęta pojawiły się przed nami. Pim rozmyślał o tym i nagle poczuł falę ciepła w piersi. Ta fala ogarnęła całe jego ciało, jego twarz pałała, ale tym razem z emocji.

Wokół niego uwijali się pracownicy, zwiększali tempo, w miarę jak ich mięśnie się rozgrzewały, ich fartuchy były zbryzgane krwią, po karkach spływał im pot. Krzyki, bieganina, nawoływania, polecenia, sprzeczki, pikantne dowcipy opowiadane dla wytchnienia, śpiewy *Szatanie, daj pogładzić raz jej włosów blask, bo obłęd mój na imię ma Esmeralda** − ten rytm był oszałamiający, szybkość ruchów przyprawiała o zawrót głowy, robotnicy wpatrywali się w trzewia, ostrza cięły, dłonie w rękawicach zanurzały się głęboko, ciecz spływała do pojemników. Ktoś powiedział, że w Wigilię Bożego Narodzenia pracownicy ubojni mają zwyczaj spotykać się przy wspólnym stole, żeby wznieść toast i skosztować przygotowanych wcześniej trójkącików z pieczywa tostowego ze zrobioną własnoręcznie kiełbasą…

*   Janusz Radek, musical *Dzwonnik z Nôtre Dame.*

***

Wśród pracowników ubojni był Patrick, który poświęcił kilka minut przerwy na rozmowę z uczniami, Patrick, który kiedyś gładził martwe zwierzęta, delikatnie oddzielał skórę od ciała, posługując się lancetem ostrzejszym niż brzytwa. Robił to przy muzyce płynącej z małej wieży, którą przed ubrudzeniem chronił kawałek plandeki. Zwierzętom, które miał zabić, włączał łagodną muzykę, urywki dzieł Mozarta, wiązankę buddyjskich mantr i pieśni gregoriańskich. Patrick zawsze dbał, żeby zwierzęta umierały bez cierpienia i przy muzyce, jedno po drugim, bez pośpiechu – każdemu poświęcał tyle czasu, ile trzeba, żeby zrobić to dobrze, czysto. Patrick opowiadał, że kiedyś na wsi człowiek, który uśmiercał zwierzę, wsuwał mu wcześniej do pyska monetę. Jeżeli nie miał monety, robił totem przedstawiający to zwierzę. Stały rytm i nadzór uniemożliwiły Patrickowi robienie takich totemów, ale myślał o tym, a to przecież już coś.

Patrick twierdził, że problem nie polega na zabiciu zwierzęcia, ale na tym, żeby wiedzieć, jak i po co się je zabija. Na tym, żeby zabijać, nie zadając zbędnego cierpienia i po to, żeby je zjeść.

Nie bez celu, nie dla rozrywki albo po to, żeby pozbyć się zawalidrogi.

To ciężka i niebezpieczna praca, ale ktoś musi ją wykonać, bo przecież musimy codziennie jeść i dawać jeść innym. Trzeba wyżywić mięsożerną, rozwijającą się ludzkość, ludzkość, której przybywa i którą trzeba zaspokajać. Okażmy jednak wdzięczność tym, którzy się do tego przyczyniają, sami nie dalibyśmy rady, jesteśmy dekownikami, jesteśmy nieudolni.

Pod roboczym kombinezonem, przy kołnierzu, rysował się naszyjnik noszony na gołej szyi. Był zrobiony ze świńskich zębów, w stylu Rahana*. Patrick nie prosił o zezwolenie na zabranie tych zębów, mimo to dumnie nosił swoją ozdobę. Miał tu silną pozycję, w ubojni cieszył się przywilejami, mówiło się, że zdziwaczał po wypadku, że to go zmieniło. Dwa lata temu, nerwowy, nieposkromiony wół rasy charolais kopnął go prosto w twarz. Patrick stracił przytomność, padł z zakrwawioną głową. Pogotowie przyjechało po dwudziestu minutach, lekarz zdecydował, że trzeba go przetransportować helikopterem do szpitala w Saint-Brieuc, Patrick przeszedł trzy operacje

---

* Bohater filmu rysunkowego, wyprodukowanego na podstawie komiksu autorstwa Rogera Lecureux.

rekonstrukcji twarzy. Stał się ponury, niepewny, ale nie chciał odejść z ubojni. Dlatego zaproponowano mu zmianę stanowiska. Zawsze marzył o pracy ze zwierzętami, uważał to za swoje powołanie, lubił kontakt z nimi, zawsze chodził do wolarni i długo głaskał zwierzęta, które miały iść na rzeź, chociaż jest to zdecydowanie odradzane – *nie trzeba się rozczulać nad bydłem.* Kiedy unieruchamiał woły, nie mówił *zabiję bydlę*, ale *zrobię to zwierzę.* Wtedy zaproponowano mu awans, a nawet przeniesienie do pracy w biurze, ale Patrick wolał zostać przy zwierzętach i doskonalić swą sztukę. Dziś mył strumieniem wody rozpłatane ciała.

Kilka dni po wizycie w ubojni, w burzową noc, Pimowi przyśnił się sen, w którym wprawdzie żaden wół nie kopnął go w twarz, ale za to wisząca na taśmie świnia spadła mu prosto na głowę. W tym śnie pracował w ubojni i dręczył go ból w prawym barku i ręce, którą raz po raz podnosił do podwieszonych zwierząt. Widział, jak podchodzi do niego lekarz – początkowo to niewyraźna sylwetka, potem widać już było biały kitel, charakterystyczną torbę i okulary w metalowych oprawkach. Pim wyciągnął rękę na powitanie, ale świnia, która kołysała się nad jego głową, zsunęła się z haka, gwałtownie spadła i uderzyła go, zanim zdążył dosięgnąć ręki lekarza. Świnia odbiła się jak piłka, potoczyła się dalej przez zakład i wreszcie zniknęła w pobliżu hangaru drobiowego.

W ubojni zdarzyło się, że świnia, która spadła z haka, runęła na pracownika, przygniatając całym ciężarem jego barki. O wypadek nie jest zresztą trudno – wystarczy, że hak jest źle wbity w nogę zwierzęcia, że szczelina między ścięgnami w kolanie i w podudziu jest za szeroka, że mięso się rozrywa albo że nie ma zabezpieczającego łańcucha.

W sektorze sanitarnym powrócił koszmar mokrych oczu – Pim znowu zalewał się łzami, których nie był w stanie powstrzymać, kiedy instruktor tłumaczył, jak usunąć szpik. *Patrzcie uważnie – chwytacie, posługując się czubkiem noża, przytykacie ostrze do kręgosłupa, piłujecie po środku i przecinacie wszystko, co zatrzymuje szpik kostny. Potem zbieracie szpik w osobnym pojemniku, to jeden z elementów SRM, materiał szczególnego ryzyka, może być siedliskiem najrozmaitszych paskudztw.*

A od afery szalonych krów wszystko to idzie do spalenia – szpik, migdałki, śledziona, a nawet jelita. Niedługo zostaniemy wyposażeni w półautomatyczną maszynę do usuwanie szpiku kostnego, która go odsysa, to znacznie przyspieszy pracę. Chłopcze, dlaczego tak płaczesz, źle się czujesz? Jeżeli nie możesz tego znieść, nigdy nie zostaniesz rzeźnikiem.

Nic mi nie jest, proszę pana, to tylko taka choroba, nic na to nie poradzę, po prostu łzy płyną mi z oczu.

Nikt nie uwierzył w tę chorobę, od samego początku nikt w nią nie wierzył.

Historia ubojni-fabryki

Najpierw był państwowy zakład uboju, potem prywatne firmy, uprzemysłowiono proces spuszczania krwi, postanowiono prowadzić go seryjnie, poddać śmierć zwierząt sztywnym normom, nie uzależniać tego pradawnego rytuału od fantazji jednostki, nie zostawiać miejsca na improwizację.

W pradawnych czasach, kiedy zaczynała się historia ludzi, którzy żywią się zwierzętami, człowiek zabijał zwierzę, żeby je zjeść – ludzie parali się łowiectwem, oni i zwierzęta dobrze się znali; mogliby powiedzieć: wytropiłem je, osaczyłem, zabiłem, oprawiłem, a potem zjadłem. A kiedy nadeszła zima, zarzuciłem jego skórę na swe gołe, słabe ciało. To wszystko działo się między nami, było w pewnym sensie sprawą prywatną, coś od niego było dla mnie. Teraz nie jem już zwierzęcia, które zabiłem, ktoś inny robi to za mnie, jest między nami coraz więcej pośredników. Tak naprawdę nikt już nie zabija zwierząt, odkąd ubój stał się przemysłowy: praca przy taśmie nie wymaga uwagi, jest nieodpowiedzialna, a śmierć dzieli się na etapy.

Detroit, jesień roku 1913 – Ford otwiera pierwszą taśmę montażową podwozia forda T. Ale praca przy taśmie nie powstała po to, żeby montować samochody, wymyślono ją do demontażu zwierząt. W połowie XIX wieku ubojnia w mieście Chicago otworzyła pierwszą linię rozbioru i paczkowania, testując pierwsze techniczne rozwiązanie problemu produkcji na wielką skalę.

W Chicago, zwanym też Porkopolis, wznoszą się wielkie fabryki przetwarzające rocznie trzynaście milionów sztuk zwierząt, świnie przesuwają się tam na ruchomych chodnikach – jeden oczyszcza uszy, drugi usuwa szczecinę – i tusze są wieszane na czymś w rodzaju ruchomego mostu, łagodnie opadające szyny biegną od jednego stanowiska pracy do drugiego, robotnicy przyciągają zwierzęta do siebie i pracują nad ich ciałami. To naprawdę doskonały pomysł – transportować zwierzęta-przedmioty, wieszając je za kark.

Często sami robotnicy wpadają na wspaniałe pomysły, żeby ułatwić sobie zadanie, żeby poprawić warunki pracy, żeby nieco sobie ulżyć i zoptymalizować każdy ruch. Wynaleźli maszyny, taśmę, ale także – na przykład – maszyny do zbierania wieprzowego tłuszczu, z którego kiedyś produkowano margarynę. Robotnicy z chicagowskich rzeźni byli bardzo pomysłowi, wkrótce zresztą mieli założyć związki zawodowe.

Prezydent Hoover obiecał współobywatelom, że w każdym garnku znajdzie się kura, więc trzeba było wzmóc tempo, żeby dotrzymać słowa. Świnie, które przed kilkoma godzinami trafiły do ubojni, opuszczały zakład w postaci szynki, kiełbasy, pomady na bazie tłuszczu i skóry do oprawienia Biblii. Poćwiartowane świnie wyjeżdżały z fabryki króciutkimi torowiskami, które biegły przez poszczególne hale i prowadziły do wagonów schładzanych wielkimi blokami lodu; potem przyszedł czas na podbój Zachodu, a transporty mięsa, przemierzające Amerykę, wkrótce przemierzać miały oceany, by po drugiej wojnie światowej amerykańscy farmerzy mogli żywić cały świat.

Pim i reszta uczniów znaleźli się teraz w sektorze wołowym – to elita, górna półka – tak to już jest, krowa zawsze pozostanie szlachetnym, świętym zwierzęciem, a świnia zawsze będzie pospólstwem, wrzaskliwym brudasem, który stawia na nogi całą okolicę i miota się jak zarzynane prosię.

Bydło witane jest z wielką pompą przy wyjściu z ciężarówek, a potem gromadzone w wolarni. Zwierzęta są łagodne, ale trzeba je zdecydowanie popychać, zad po zadzie, *no, ruszać się, róbcie miejsce dla następnych.* Pracownicy zajmują się stadem, uciszają muczenie, przyjaźnie klepiąc krowy po karkach, karmią je i poją, żeby uspokoić przerażone stworzenia (chodzi przede wszystkim o to, żeby ich mięso stało się jasne i apetyczne). Dostawa jest kontrolowana, sprawdza się dokumenty przewozowe i okolczykowanie, a potem zwierzęta trafiają do obory i pozostają tam do chwili zebrania wszystkich danych: kolczyki, miejsce urodzenia, miejsce hodowli. We Francji hoduje się sto milionów krów. *Skąd pochodzisz, krówko? Co tam żarłaś, staruszko? Jak nazywa się ziemia, na której pasłaś się przez te lata? Jak wygląda łąka, którą rozgrzebywałaś, niecierpliwie waląc kopytami, kiedy się denerwowałaś? A twój hodowca – jaki był? Z tych, którzy znają imię każdej swojej krowy, czy z tych, którzy tuczą bydło masowo i patrzą na nie jak na chodzące steki? Wyglądasz mi na taką, co to daje dobre mięso, Czarnulko.*

Widzisz, tu rozchodzą się nasze drogi, personel i zwierzęta nie chodzą tymi samymi korytarzami, nie można mieszać gałganów z obrusami... tylko żartowałem, nie rób takiej miny, jesteś podejrzliwa, a tu chodzi tylko o bezpieczeństwo. Ja idę tędy, a ty tamtędy, do strefy oszałamiania, sama zobaczysz, trochę tam ciasno, prawdę mówiąc, to pułapka.

Krowa jest w pułapce, ale nie zawsze wszystko przebiega zgodnie z planem, zdarzają się incydenty i oto niespodziewanie krowa liże zabójcę po twarzy, liże jego szyję, czoło, policzki – i tak bez końca, to czułość, miłość, ten wielki, chropowaty i silny ozór pcha człowieka pod ścianę, wciska się w niego, krowa gwałci rzeźnika, znowu go liże, a jej łeb napiera na pierś robotnika, ociera się o nią, to trwa, a człowiek jest bezradny, wystarczy, że pogładzi zwierzę po łbie, żeby nie był już w stanie go zabić.

Pim podskoczył, słysząc huk wystrzału: to ogłuszono zwierzę, strzelając mu w czoło z pistoletu bolcowego, dokładnie w najwrażliwszy punkt czoła, na przecięciu dwóch linii, które wytycza w myśli zabójca. Żeby krowa upadła, jak należy, przymusza ją do oparcia się na właściwej nodze – kark zwierzęcia odskakuje w tył, a ono pada, uderzając o ziemię rogami, potem piersią, wreszcie prawym bokiem, prosto na nary. Zabójca przyciska palcem oko zwierzęcia, żeby sprawdzić, czy powieka nie opada – to dowód, że krowa jest ogłuszona. Potem znieczulone zwierzę jest zawieszane i rusza w drogę. Pim już czuł jego woń, zapach obory, mleka i słomy. Twarz robotnika, który podszedł do krowy, nie wyrażała niczego poza znużeniem pracą na taśmie. Mężczyzna miał u pasa sztylet do wykrwawiania, który nosił jak średniowieczny miecz. Długo ostrzył go przed przystąpieniem do pracy (to pozwala mu zyskać na czasie i trochę odetchnąć, wolno bowiem robić przerwy na ostrzenie narzędzi), a teraz wypiął tors, stanął w lekkim rozkroku, wbił nóż w fałdę skóry na piersi, przebił się przez sierść, mięśnie i nerwy, przeciął tętnicę szyjną tam, gdzie gęsta lśniąca krew tryska najszybciej, najmocniej i wydobywa się z ciała z głuchym pluskiem, jak z fontanny. Brzegi rany rozchyliły się, ukazując biel tkanki chrzęstnej. Skóra to marność, słabiutka osłona, niepewna i licha, za nią kryje się nieopisany chaos, plątanina mięsa i rozmaitych tkanek. Gesty robotnika były pewne i zdecydowane, żadnego nie musiał powtarzać. Dbał, żeby nie wbić noża zbyt głęboko, bo wtedy krew spływałaby do jamy brzusznej. Potem poruszył nogą krowy – unosił ją i opuszczał, żeby przyspieszyć wypływ krwi – musiał ją spuścić i zebrać, mieszając z roztworem, który zapobiega koagulacji.

Uczniowie stali jak porażeni, z zaciśniętymi zębami, gniewni. To nie sam widok krwi, ale raczej gwałtowność, z jaką buchała z rany, ta siła, ta niecierpliwość – to życie, które się wyzwalało, skakało im do gardła, bryzgało na nich.

Czy ten rzeźnik, zadając zwierzęciu cios, naprawdę nie czuł gniewu i nienawiści? Uczniom wpajano, że takie jest prawo natury. Gdybyśmy hodowali zwierzęta i nie zabijali ich, w końcu zrobiłoby się ich za dużo i co wtedy? Może wybuchłaby rewolucja, bunt zwierząt? Czy gdyby nie zabijano rocznie miliarda sztuk drobiu i czterdziestu milionów królików, sprzymierzyłyby się, żeby dobrać się nam do skóry?

Gdybyśmy nie zabijali zwierząt, które hodujemy, żeby je zjeść, zajęliby się tym inni, okrutniejsi – hieny, wilki, niedźwiedzie. Przeznaczeniem zwierząt jest stać się jedzeniem, a my robimy to najlepiej, jak można. Wbij to sobie do głowy, Pim. I Pim w końcu uwierzył, że życie owcy to praca z pasterzem, a potem z pracownikiem ubojni, w przeciwnym razie rozszarpałby ją wilk. Być może, gdybyśmy nie jedli zwierząt, to zdychałyby z głodu. Po prostu. A Pimowi los zwierząt nie był przecież obojętny.

Kilka dni potem zadzwoniła do niego dziewczyna z ławki. Miło wspominała tamtą noc. Toteż spotkali się i znowu ze sobą spali. Nie tracili czasu nawet na krótką rozmowę, nie wybrali się do kafejki ani do kina. Umówili się pod domem Pima, całowali się już przed bramą, a on chciał od razu iść na górę i dziewczyna uznała, że to dość mechaniczne. Mechaniczne, chociaż miłe. Dziwne połączenie, dziwne wrażenie – wrażenie życzliwej obcości. Pim znów badał dziewczynę jak model anatomiczny, pieszcząc ją, ale tym razem to nie było już zabawne. Rzuciła mu prosto w twarz, że ją wykorzystuje – nie odpowiedział, nie zaprotestował ani nie potwierdził, a jego ręka wciąż delikatnie obmacywała jej ciało – bez pośpiechu, jakby badał je przed operacją – Pim był skupiony, czuły i daleki. Dziewczyna była zakochana i rozżalona, wpadła w gniew, właściwie nie wiedząc dlaczego – niewiele mogłaby mu zarzucić. Kiedy skończyli, zaproponował jej piwo, ale dziewczyna, której zbierało się na płacz, wyszła po cichu.

Najgorsze już się stało, krew została spuszczona, zwierzę zniknęło, wyparowało, jeszcze chwila, a będzie to tylko mięso, krew spłynęła, teraz pojawiła się inna strona zwierzęcia, wkrótce na scenę miał wkroczyć rzeźnik, miały rozbrzmieć brawa. Wkrótce twoja kolej, Pim – to twoje miejsce w mieście, które wiruje, trudzi się i żywi, łase na polędwice wołowe w witrynie i niedzielną sztukę mięsa z warzywami.

Kilka minut temu stało tam zwierzę oznaczone numerem, było ciepłe, a teraz Pim mógł zanurzyć rękę w zimnym mięsie. Oprawiono je na jego oczach, szykował się, by zobaczyć je wypatroszone, odarte ze skóry, poćwiartowane, bez kończyn, i aż drżał na myśl o tym. Wkrótce miało trafić w jego ręce – nierozpoznawalne w kształcie, przygotowane do kolejnych zmian, do przeistoczenia w rostbef; potem ktoś postanowi udusić je w sosie własnym, a gdy zostanie zjedzone, organizm ludzki zacznie je trawić – szybciej lub wolniej, łatwiej albo trudniej, z frytkami albo samo.

Jeszcze przez moment zwierzę drgało w odruchu nerwowym, potem zamarło, i wtedy inny pracownik odciął mu przednie nogi, jeszcze inni wyjęli serce, wątrobę, płuca i pęcherz. Bezruch stał się totalny. Operator poddał tuszę impulsowi elektrycznemu, żeby wywołać skurcze mięśni i ułatwić zdjęcie skóry. A do tego trzeba delikatności i wprawy – nie wolno zanieczyszczać mięśni, dopuszczając do zetknięcia z zewnętrzną powłoką. Oddzielona skóra zwisała już jak fartuch albo rzucona u stóp suknia. Robotnik podwiązał odbyt, żeby zawartość jelit nie wydostała się na zewnątrz – nie tą drogą. Drugi, stojący po przeciwnej stronie, usunął wymiona. Ci dwaj byli jak bliźnięta – pracowali symetrycznie nad ciałem – prawa przednia noga jest twoja, moja – lewa przednia. Razem zawieszali tuszę za tylną nogę i przesuwali krowę wedle dopracowanej w każdym szczególe choreografii, wciąż czujni i uważni (drób także wiesza się za łapy. Jakże wystraszone są te ptaki, porwane nocą, przy ledwie rozbudzonym hodowcy, i pod osłoną ciemności uprowadzone – przyjeżdżają w małych klatkach, zanim wzejdzie słońce, a praca przy nich toczy się w mroku, przy świetle ultrafioletowym).

Odarte ze skóry zwierzę pokryło się teraz tłustą pianą, pracownik zbliżył się do niego i zaczął delikatnie usuwać tę pianę ostrzem. Pim ukradkiem dotknął palcem tuszy, żeby sprawdzić, jak smakuje ta pianka. Była cierpka i ostra, o gryzącym zapachu, który długo pozostaje w ustach i jest jak trucizna, *kurwa, co za paskudztwo*. Splunął w dłonie, żeby pozbyć się tego smaku, otarł je o poły fartucha – liczył na smak świeżego tatara, a teraz wręcz się zaniepokoił, bo to mięso już wydawało się zepsute. Na końcu linii produkcyjnej pracownik departamentalnej dyrekcji służb weterynaryjnych poddawał tusze oględzinom. Widoczny pod białym fartuchem gruby węzeł krawatu podkreślał jego nieprzynależność do klasy robotniczej. Pobierał mały fragment opuszki rdzenia kręgowego w kształcie litery V, który pozwala na wykrycie ewentualnych przypadków choroby wściekłych krów. Próbki wysyłano do laboratorium, gdzie poddawane były analizie. Ta procedura obowiązywała, odkąd stwierdzono pierwsze przypadki zachorowań.

O chorobie wściekłych krów nikt tu tak szybko nie zapomni. Najpierw w dziennikach telewizyjnych pojawiły się stosy w Anglii – setki tysięcy palonych zwierząt, potem embargo na brytyjskie mięso zostało wprowadzone w Unii Europejskiej, Francja zażądała obowiązkowego zgłaszania wszystkich przypadków gąbczastej encefalopatii bydła. Tym razem posunięto się zbyt daleko – podano mączkę zwierzęcą roślinożercom – zmielone na proszek zwierzęta stały się karmą dla zwierząt. Stworzono nową formę zwierzęcego kanibalizmu i oto pojawił się narastający strach, nad światem zawisło widmo śmierci, padały zwierzęta, umierali ludzie, konsumpcja mięsa gwałtownie spadła, obawiano się mięsa naszych zwierzęcych braci, zaczęto śledzić ich drogę, identyfikować, podawać informacje o ich pochodzeniu w sklepach mięsnych i w restauracjach – czujność służb sanitarnych i zasada ostrożności – krowy i ludzie już nie patrzyli na siebie bez lęku, wszyscy byli teraz podejrzani...

Atmosfera stała się nieznośna.

Pim i jego koledzy przeszli całą linię produkcyjną, obserwując taniec robotników i kolejność przemian. Uczniowie nosili takie same jak robotnicy ubojni ubrania ochronne, ale łatwo było ich odróżnić po tym rzucającym się w oczy osłupieniu, po bezczynnie zwisających rękach, po ruchach lunatyków, którzy podążają za swoim nauczycielem od stanowiska do stanowiska, po powłóczeniu nogami. Czuli się zagubieni i to było widać: *pamiętajcie, że trzewia należy usunąć w ciągu najwyżej czterdziestu pięciu minut po uboju. Po upływie tego czasu jelita porowacieją, więc bytujące w nich mikroorganizmy oraz enzymy mogą się wydostać na zewnątrz, przeniknąć do mięśni i skazić tuszę. Na tym etapie trzeba być szczególnie czujnym. Czy wszystko jasne?* Kiwali głowami, rozleniwieni i zrezygnowani.

Kilka metrów dalej podroby były już usunięte. Pim zastanawiał się, czy czasami podczas wytrzewiania krów nie zdarzają się niespodzianki. Można przecież wyobrazić sobie, że coś niezwykłego, nieoczekiwanego wyłania się z wnętrzności, jakiś przedmiot albo promyk światła, coś dziwnego, co zeżarła, kawałek drzewa owocowego, zegarek, pachnące perfumy, stare pisemko z krzyżówkami, zdjęcie matki, przypadkowo połknięte kurze pióro – a pióro może zabić krowę, dlatego na fermach drób trzyma się z dala od bydła. Ale nie – to zawsze tylko zielone, miękkie flaki, żadnych rewelacji, żadnych ukrytych skarbów, wciąż ta sama, lepka rutyna we wnętrzu bydlęcia, żadnego znaku od losu, żadnego worka złota w miejscu żołądka, żeby już do końca życia człowiek cieszył się wakacjami na słońcu. Tylko plątanina trzewi – to naprawdę frustrujące.

A przecież byłaby to wspaniała rekompensata za pracę w tym ciężkim fachu: za to, że człowiek zrywa się o 4.45, żeby segregować podroby i wrzucać je do maszynki próżniowej.

Wszystko jechało na taśmie – z jednej strony białe podroby: łeb, nogi, żołądek – z drugiej strony podroby czerwone: serce, wątroba, ozór, móżdżek, grasica, płuca, śledziona. Robotnica miała na rękach olbrzymie niebieskie rękawice, sięgające łokci i osłaniające przedramiona przed brudem. Pracowała przy taśmie od dziewiętnastego roku życia, teraz miała dwadzieścia osiem lat i przeszła już dwie operacje kanału nadgarstka.

Po raz pierwszy Pim myślał o sobie jak o burżuju, o uprzywilejowanym pośród prostych robotników. Mógłby pomyśleć: ja i robotnik stoimy po tej samej stronie, wszyscy jesteśmy wyrobnikami, przez nasze ręce przechodzi to samo mięso. Ale on powiedział sobie: jestem uprzywilejowany, znalazłem się po właściwej stronie, to dobra strona mięsa i losu. Nie czuł solidarności. Był świadom, że jego praca jest powiązana z tym, co robią oni, i był im wdzięczny za ten trud, ale to wszystko wydawało mu się dalekie – przejmujący zgrzyt piły, która rozcinała ciało na pół, dobiegał jak zza ściany. A przecież na końcu tej taśmy, gdzie dokonuje się ostatnia procedura podziału, Pim miał już przed oczyma dwa kawałki bardzo przypominające połówki i ćwierci dostarczane co tydzień do sklepu Morela. W myślach błyskawicznie dokonał przeglądu czynności, które od chwili dostarczenia zwierząt do ubojni prowadziły do tego etapu, kiedy w końcu rozpoznał mięso. To suma gestów, które umożliwiły niezwykłą metamorfozę – krowa zamienia się w stek, uwaga na oczy. Na liniach produkcyjnych Renaulta robi się samochody z kawałków blachy. Tu jest odwrotnie – robi się kawałki z żywych maszyn. Sieka się menu, nie montuje się, ale demontuje, nie scala, ale dzieli na kawałki. Robotnicy złożyli śluby ubóstwa, zakrwawieni i bladzi w jaskrawym świetle hali fabrycznej żywią całą Francję – *a z trzema maciorami na hodowcę i bez fabryk nie nastarczy się jedzenia dla całego kraju.*

W ubojni wszystko było jakby w zawieszeniu – czas, życie i zwierzęta. Pim obserwował oddalające się tusze, połówki zwierząt, wiszące setkami zad w zad, zważone, opatrzone etykietami, umyte i serce ściskało się mu jak pod brutalnym działaniem płynu chłodniczego albo sporego zastrzyku adrenaliny i silnych emocji – te tusze wędrowały do komór wychładzania, gdzie oddawały całą wilgoć, ich temperatura się stopniowo obniżała, a mięśnie nabierały miękkości w kontakcie z tlenem. Wkrótce ich skruszałe włókna będzie można rozgniatać palcami, palcami koneserów, jak rzeźnik Pim.

Wizyta w zakładzie dobiegała końca, młodym ludziom burczało w brzuchach, oczy mieli zaczerwienione ze zmęczenia tym, co zobaczyły, błędne, a ciała wyczerpane. Wyjść z tego zakładu, uciec przed hałasem, zimnem, neonowym oświetleniem i smrodem, znów spojrzeć na czyste, bezkrwawe niebo, na zieleń – to szok, hiperwentylacja, oślepienie, to bolesne piękno odnalezionej natury i odurzenie świeżym powietrzem. Jakby żyli zamknięci dniem i nocą w wilgotnym, pełnym wrzasku pudle, dusząc się i szalejąc pod wpływem silnych psychotropów. Uczniowie rozproszyli się, siadali na trawniku przed zakładem, wyciągali z plecaków kanapki z szynką, na którą zerkali teraz podejrzliwie, ostrożnie rozchylając połówki bagietek, żeby spojrzeć w oczy świni w plasterkach, ale potem już łapczywie wbijali w nie zęby, bo byli głodni jak wilki, i wodzili wzrokiem daleko, nad linią horyzontu.

Pim odszedł na bok. Chciał wrócić do zakładu, obmyślał plan nocnego włamania, nielegalnej wizyty. Nie po to, żeby odkryć ukryte przed nimi fakty – cały brud, którego im nie pokazano, zaskakujące tajemnice – ale po to, żeby jeszcze raz pokonać tę trasę, przejść ją ze zwierzętami, tymi samymi korytarzami, iść trop w trop za nimi, na kolanach, ze spuszczoną głową, brodząc bosymi nogami we krwi, żeby poczuć, jak to jest – jak to jest być zwierzęciem.

Pim czołgał się po trawie, jego długa sylwetka przesuwała się po ziemi jak wąż, dotarł do hali świń, w tym momencie bardziej solidaryzując się z nimi niż z robotnikami. Czuł, że bliższe są mu nielubiane świnie, które cuchną, kwiczą i są do siebie takie podobne, te płochliwe, uparte zwierzęta o słabym sercu – jakby spadło na nie przekleństwo. Pim myślał tylko o świniach. Miał nadzieję, że uda mu się tym skuteczniej ukryć wśród nich, że konstytucja biologiczna świni jest bardzo zbliżona do człowieczej; świnia, odkąd zrzuciła szczecinę, jaką wciąż noszą dziki, opala się na słońcu. Pim na czworakach dołączył do stada (tuczniki przywozi się do ubojni stadami hodowlanymi, nie miesza się ich z obcymi, bo świnie pałają nienawiścią do tych z innej fermy i mogłyby stać się agresywne) liczącego około pięćdziesięciu zwierząt, które z kwikiem opuściły przed chwilą ciężarówkę. Skulony, anonimowy pośród wystraszonych świń, które nie zwracały na niego najmniejszej uwagi, zbyt zaprzątnięte tym, jak ocalić własną skórę, przeszedł do zagrody, gdzie robotnicy myli zwierzęta strumieniem letniej wody i karmili. Ich skóra stawała się różowa jak pupa niemowlęcia i Pim zastanawiał się, czy nie powinien zdjąć ubrania, żeby wtopić się w ten róż i nie dać się wykryć – po pierwsze przez świnie, które panicznie bały się obcych. To je stresowało, a z natury są niezwykle podatne na stres, wpadają w popłoch z byle powodu i nawet największy wieprz świata, ważący tonę, jest strachliwy jak foczy osesek. Ale jak precyzyjnie zmierzyć poziom stresu, jak oszacować ból? Świnie krzyczą, skąd jednak wiedzieć, czy to ze strachu – bo nie rozpoznają miejsca, bo je przewieziono? Czy się pocą? Drżą? Czy serca biją im szybciej? Pim przyłożył palce do nasady świńskiej szyi, żeby zbadać tętno. Trzeba by też pobrać krew, żeby określić poziom adrenaliny, a potem zbadać dno oka. Ale obmacywana świnia gwałtownie się wyrwała, a Pim z impetem wpadł na ogrodzenie. Hałas nie zwrócił uwagi pracowników, uczeń – co graniczyło z cudem – pozostał niewykryty, a może nikt nie chciał go zobaczyć – no cóż, dorosły chłopak w stadzie świń – przymknijmy na to oczy.

Pim i jego kompani sunęli teraz po ruchomych chodniku prowadzącym do kojców, w których następuje ogłuszenie. Najpierw, żeby uspokoić tuczniki, funduje się im delikatny prysznic – woda i chłód dobrze im robią przed elektronarkozą. Strach fatalnie odbija się na jakości i smaku mięsa, bo przerażona świnia wydziela kwas, który uszkadza mięśnie – przesączone nim mięso staje się białe i miałkie, a poza tym po co dodatkowo straszyć Bogu ducha winne zwierzę, a konsumentów skazywać na jedzenie kiepskiego mięsa? Pierwszy kandydat wylądował już na gumowym chodniku, który ciągnął się aż do strefy śmierci. Zamknięto za nim klapę – nikt tu nie chciał straszyć jego pobratymców i niepotrzebnie ich niepokoić. Pim zerkał przez prześwity w metalowej kracie i widział dłonie robotnika, który mocował kleszcze elektryczne po obu stronach świńskiego łba. Świnia, przez moment oszołomiona, straciła przytomność. Kiedyś, żeby je ogłuszyć, uderzano je młotkiem w czoło, kiedyś na podwórzach u gospodarzy robiło się kiszkę – cztery litry krwi z każdego zarzynanego wieprzka. Nacięcie nie mogło być ani za małe, bo wtedy trzeba było powtarzać operację, ani za szerokie, wówczas bowiem marnowała się znaczna część krwi, która tryskała na wszystkie strony. Krew zlewano do wiadra i ręcznie ubijano, żeby nie skrzepła, a potem przechowywano w chłodzie. To była tradycja. Gdyby Pim był wieprzkiem, nie podobałoby mu się to. Opowiadałby się za ubojem przemysłowym – higienicznym i kolektywnym, nie za nieudolną, potajemną egzekucją na brudnym podwórku.

Pimowi udało się zsunąć z taśmy, na której końcu zwierzęta były zarzynane. Wciąż niezauważony, zwinny jak węgorz, zakradł się do hali odszczeciniania. Zobaczył, jak świnie podnoszone są za tylne kończyny, zadami do góry, a potem mechanicznie skrobane i płukane ciepłą wodą. Gwizdek oprawcy dawał sygnał do uruchomienia maszyny rotacyjnej i skrobaki zaczynały uderzać, trzeć i opalać, żeby usunąć szczecinę. Po krótkiej chwili świnie były bezwłose. Pim, teraz także całkiem goły, wziął rozbieg, chwycił się pierwszego przesuwającego się haka, „wsiadł na karuzelę", dał sobie wyszorować plecy, wziął prysznic i pozwolił się wypłukać zobojętniałym robotnikom, którzy patrząc całymi dniami na identyczne, różowe ciała, nie odróżniali już nosa od ryja, a prosiaka od faceta w slipkach, który zwisa głową w dół, więc mając go przed sobą, pomyśleli tylko, że ten jest jakiś chudy i nada się najwyżej na cordon-bleu w panierce. Ale był już najwyższy czas, żeby Pim – mimo wszystko przerażony – puścił hak i zeskoczył na ziemię: wisząca przed nim świnia została właśnie przedzielona na pół, rozpłatana od krocza po łeb, wyjącą piłą elektryczną.

Pim przetoczył się na posadzkę, osłaniając się przed flakami lecącymi z góry jak bomby zrzucane z nieba. A wnętrzności pojawiła się cała masa, bo w świni wszystko jest dobre – wszystko poza jej krzykiem – wszystko jest dobre, ale nadaje się tylko do jedzenia. Owce mają nam do zaoferowania jeszcze wełnę, a kury – pióra. Świnia przechodziła teraz z rąk do rąk – jeden robotnik odcinał nogi, drugi oddzielał szynkę, trzeci zajmował się ogonem.

Uniknąwszy tragedii, Pim zwinął się w kłębek w kącie, cały w strzępach mięsa. Drżał, wciąż niezauważony i przez ludzi, i przez zwierzęta. Rozejrzał się, szukając ubrania, które rzucił przy wejściu – wolałby się ubrać, zanim ktoś go zobaczy. Już teraz żałował, że wpadł na tak obłąkany pomysł, chciałby o wszystkim zapomnieć, wymazać z pamięci tę okropną chwilę uboju. Pim bał się krwi, dopóki była ciepła i nieskrzepnięta. Przez moment myślał o zwierzętach, które może nie były już właściwie zwierzętami – od tysiącleci odmieniane przez człowieka, selekcjonowane, krzyżowane, hodowane w nienaturalnych warunkach. W pewnym sensie przestały być zwierzętami, zamieniły się w metaboliczne fabryki, jadalne laboratoria, organiczne wynalazki służące do żywienia rodzaju ludzkiego. Pim czuł, że łzy napływają mu do oczu, ale tym razem łzy płynęły ze wstydu. Teraz musiał jakoś wydostać się z tej gównianej ubojni, szybko się ubrać i po raz drugi opuścić zakład, nie dając się przyłapać. Doczołgał się do ubrania, leżąc plecami na ziemi wciągnął dżinsy, sweter, wsunął nogi w adidasy, błyskawicznie wstał i pobiegł jak szalony do wyjścia. *Ej, ty!* Przyspieszył, bo mężczyzna w białym kombinezonie deptał mu po piętach, *stój albo wezwę policję!* Długie nogi niosły go wytrwale, zniknął za bramą ewakuacyjną, zostawił ubojnię za sobą i pobiegł niemal na oślep przez pola.

Pim to druga żywa istota, która wymknęła się z ubojni Colinée. Pierwszą był pewien wieprzek. Ucieczka ze świńskiego sektora stała się popularną anegdotą, którą opowiadano na imprezach wiejskich i rodzinnych, historyjką powtarzaną wciąż na nowo, sławnym wydarzeniem, o którym nie zapominano mimo upływu dziesięciu lat. Świnia wzięła nogi za pas. Bo te zwierzęta, hodowane przez ludzi, stały się równie sprytne jak małpy. Ta uciekła podczas rozładunku ciężarówki. Świnia kluczyła, przewracała wszystko na swojej drodze, chociaż bowiem śmigała jak zając, to miała w sobie coś z byka, bawołu gotowego staranować każdą przeszkodę. Prześliznęła się przez drzwi wahadłowe, pełznąc brzuchem po ziemi, bez chwili wahania kierując się ku wolności przez labirynt fabrycznych zabudowań. Świeże powietrze docierające wąskimi korytarzami ubojni prowadziło ją w stronę wyjścia, próbowano ją złapać, ale wymykała się robotnikom z rąk, a kiedy usiłowali się na nią rzucić, żeby ją schwytać, lądowali na ziemi, łapali zwierzę za ogon i byli przez nie wleczeni przez kilka metrów. Potem puszczali świnię i żaden nie miał odwagi wbić jej noża w krzyż, żeby przerwać tę gonitwę. Zresztą nic nie byłoby chyba w stanie zatrzymać tego stworzenia, przerwać tak fantastycznego biegu i oto świnia znalazła się na zewnątrz, pędziła na skos przez parking, minęła bramę i już była na drodze departamentalnej, która niknęła daleko, za horyzontem. Samochody omijały ją w ostatniej chwili, skuter przekoziołkował i skończył jazdę w rowie, a świnia galopowała do miasta, krew dudniła jej w skroniach, jednak ona utrzymywała tempo. Jak to możliwe, żeby świnia biegła tak szybko jak chart? Z kącików ryja toczyła już pianę, jej ozór uderzał jak łopocząca chorągiewka o rozdziawiony pysk, uszy

leżały płasko, ryj był wilgotny i czerwony ze zmęczenia, a zwierzę pędziło przez pola i dotarło na
obrzeża miasta, minęło pierwsze światła, rondo,
szarżowało, spychając z drogi każdego, kto próbował je zatrzymać, zauważyło otwór pod jezdnią
– czarną otchłań, która je wciągnęła. I oto było
ocalone; świnia skoczyła z zamkniętymi ślepiami,
jej zad uniósł się w górę – Alicja wpadła do dziury,
odbiła się, pośliznęła i znów biegła, żeby schronić
się głęboko w rurze ściekowej. Świnia zdołała się
ukryć. Ale okazało się, że wpadła w pułapkę –
niezdarnie pokonała pięćset metrów w ciemnościach i smrodzie tym oślizłym podziemnym ko-
rytarzem i utknęła w przewężeniu. Duża świnia
uwięziona w rurze nie mogła zrobić ani kroku.

Zgłoszono już jej ucieczkę, świadkowie widzieli, jak przebiegła przez jezdnię na czerwonym
świetle, a młoda kobieta przysięgała, że ulica ją
pochłonęła, *ulica się otworzyła i świnia wpadła do
dziury, przecież już wam mówiłam*. Miejskie służ-
by techniczne przy wsparciu ekipy służb weterynaryjnych podjęły próbę uwolnienia zwierzęcia,
chcąc je zmusić do zawrócenia. Zaczęła się akcja.
Najpierw do całej sieci wpuszczono wodę pod du-
żym ciśnieniem, potem odpalono sztuczne ognie.
*A psy? Dlaczego nie spuś*ciliście *psów?* Zwierzęcia

nie udało się oswobodzić. Na miejsce przybyli strażacy, ale ich działania także spełzły na niczym. Jakiś żołnierz próbował doczołgać się do świni, jednak rura kanalizacyjna okazała się niebezpiecznie ciasna. Strażacy zaproponowali inną metodę: trzeba z nią pogadać, trzeba pertraktować, może poprosić o pomoc psychologa zwierzęcego. No i skończyło się na tym, że zniecierpliwieni ludzie zaczęli wrzeszczeć i przeklinać świnię, wabić ją obierkami, ale to na nic, zwierzę mogło tylko kwiczeć i te przejmujące wrzaski, odbijające się głośnym echem w podziemiach, wybuchały na zewnątrz, w mieście, gejzerami dźwięku, budziły dzieci, które pośród nocy krzyczały ze strachu i z całej siły ściskały dłonie matek – pod betonem siedzi potwór, przyszedł tu, żeby się zemścić. Po nocy spędzonej na bezowocnych próbach uwolnienia świni, która najwyraźniej osłabła i której przeraźliwe kwiczenie zamieniło się w chrapliwy, urywany świst, zastępca dyrektora wydziału ochrony środowiska podjął decyzję, by zerwać jezdnię i wydobyć zwierzę, które w innym razie zdechnie pod ziemią. Wczesnym rankiem ekipa zakładu robót publicznych, po dokładnym zlokalizowaniu świni, wyciągnęła za pomocą dźwigu ledwie żywe ze strachu zwierzę. Potężna świnia kołysała się na pasach nad ziemią. Była apatyczna i umorusana, a gapie, którzy od kilku godzin obserwowali akcję, chcieli mimo wszystko ucałować cudownie ocaloną świnię, dotknąć jej – ręce wyciągały się za zabezpieczające teren liny, żandarmi podnosili głos, nakazując wszystkim, żeby się cofnęli, błyskały oślepiające flesze, każdy chciał mieć zdjęcie z uciekinierką, aż nadbiegł weterynarz i rękami w niebieskich lateksowych rękawiczkach odepchnął skupionych wokół gapiów. Potem odbyło się zaimprowizowane referendum: czy ocalonej należy darować życie, czy odesłać ją do ubojni? Świnia ma ocaleć – tak chciało osiemdziesiąt osiem procent głosujących, to prawdziwy triumf. Uznana za oficjalną maskotkę, dostała całą stronę w lokalnej gazecie i dożywotnio zagrodę na dziedzińcu przed ratuszem, a do tego kokardę. Odtąd nazywała się Steve McQueen, jako bohaterka swojej *Wielkiej ucieczki*. Stevemcqueen – wieprzek. Tak czy siak, Steve był niejadalny, bo to traumatyczne przeżycie nieodwracalnie wpłynęło na jakość jego mięsa – zbyt kwaśnego, by nadawało się do konsumpcji, chyba że w postaci grubo panierowanych i mocno przyprawionych nuggetów.

Rok dobiegł końca i Pim otrzymał wezwanie na pierwszy z serii egzaminów, które musiał zdać, żeby uzyskać dyplom rzeźnika. To przetwórstwo produktów. Ten sprawdzian pozwalał ocenić umiejętności kandydata w zakresie przygotowania mięsa, drobiu i podrobów przeznaczonych do sprzedaży.

Oceniana będzie wasza umiejętność organizacji pracy, znajomość podstawowych technik — wykrwawiania, trybowania, oczyszczania, skubania, przygotowania mięsa na pieczeń, sznurowania, prezentacji. A także przestrzeganie zasad higieny i bezpieczeństwa. Zaznaczam, że doprowadzenie do porządku miejsca pracy, narzędzi i surowców również wpływa na ocenę waszej pracy. Proszę pani, proszę panów, macie cztery i pół godziny.

***

Na stole Pima leżały kawałek krzyżówki, łopatka wołowa, polędwica jagnięca i cienka słonina wołowa. Pim miał do dyspozycji ostrzałkę, toporek i dziesięć noży – do krojenia, filetowania i usuwania włókien nerwowych. Na obszerny fartuch z białej bawełny nałożył ochraniacz z metalowej siatki. Także jego prawą rękę osłaniała metalowa rękawica. Prezentował się dumnie, niczym rycerz – pogromca mięśni, gotów do walki, do turnieju pieczeni. Wiedział, że cielęcinę łatwo da się wytrybować, mięso było młode i delikatne jak serce księżniczki. Chwycił łopatkę, naciął błonę przy główce największej kości i wysunął ją.

Uczeń pływał w należących do szkolnego uniformu spodniach w pepitkę, a spod białej czapki ściekały mu krople potu. Nosił krawat z jedwabnej surówki związany w nieduży węzeł pod kołnierzem koszuli w subtelne, niebieskie prążki. Krawat cisnął i utrudniał skupienie się, ale to obowiązkowy element stroju. Taka była tradycja, w której łączyły się kokieteria i duma zawodowa, i nikt nie mógł jej uchybić – regulaminowy krawat oznaczał dobrze wykonaną pracę, godność, uprzejmość i czystość (czyli osłonięte przed ludzkim wzrokiem owłosienie torsu?). Uważano, że krawat powinien być czerwony, bo wówczas maskował ewentualne plamy. Dobrze widziane było też podwinięcie rękawów, bo rzeźnik świetnie się prezentuje z gołymi po łokcie rękami w chłodzie: jedwabny krawat w krwawym świecie, męska siła – dzika, a zarazem elegancka. Rzeźnik to nie niechlujny osiłek, który zabija i ćwiartuje jak dzikus, jego sztuka to długi ciąg precyzyjnych operacji dekonstrukcji i rekonstrukcji tuszy, przemyślana praca nad ciałem, które ma zostać pokrojone, odmienione, połączone w całość i wyrzeźbione. Rzeźnik przemienia oprawione zwierzę w doskonałe, harmonijne kawałki mięsa – pieczeń otulona cieniutkimi plastrami słoniny, gałązka pietruszki, sznurowanie, pętelka – to praca artysty.

Pim wstrzymał oddech, pochylając się nad mięsem, każdy jego ruch był przemyślany, celowy, oszczędny, pewny. Najpierw podzielił dolną część krzyżówki, usunął resztki szczeciny, dbając, żeby ani jeden kawałek mięsa nie kleił się do kości, żeby nie naciąć mięśni, żeby kroić mięso zgodnie z budową anatomiczną. Egzaminator cicho przechadzał się po pracowni i na moment pochylił się nad zapracowanymi dłońmi Pima, ale ten – w pełni skoncentrowany, nie dał się rozproszyć.

Uczeń trzymał się ściśle procedur mycia i dezynfekcji, kończących zadanie. Poprawnie zorganizował stanowisko pracy. Oczyścił i zmiękczył cielęcinę, usunął wszystko, co nie powinno znaleźć się na talerzu, najdrobniejsze zanieczyszczenie. Kiedy skończył, stół, przy którym pracował, był dziewiczo czysty, bez choćby jednej plamki krwi, jakby nic tu się nie działo – ofiara została złożona bez śladu, bez dowodu.

Po upływie czterech i pół godziny przeznaczonych na wykonanie zadań Pim stanął na baczność przed idealnie czystym stanowiskiem pracy. Pomięty, przesiąknięty czarną krwią fartuch, ślady mordu i tłuszczu, szkarłatne plamki, ślady dłoni i palców, które ocierał o płótno, mioglobina, w której zapisały się linie papilarne, strużki soku, który spływał wzdłuż fałdy, czapka zsunięta do tyłu, zaschnięty pot, policzki zaczerwienione od krwi i wysiłku, drętwe palce – oto prawdziwy pomnik rzeźnika.

Żeby uzyskać dyplom ukończenia szkoły, Pim musiał opanować także sztukę prawidłowego konfekcjonowania i ważenia towarów, nauczyć się w racjonalny i czytelny sposób oznaczać etykietami cały asortyment, a potem przejść jeszcze jedną, ostatnią próbę: udowodnić, że radzi sobie z zaopatrzeniem, organizacją i środowiskiem zawodowym, odpowiadając na następujące pytania:

Hurtownik dostarcza dużą półtuszę wołową, a waszym obowiązkiem jest przyjąć towar, następnie zmagazynować go w chłodni. Dostawca przekazuje wam dokumenty. Jakie to dokumenty?

– Atest sanitarny pojazdu?

– Opatrzony datą dowód dostawy?

– Faktura poprzedniej dostawy?

– Karta identyfikacyjna?

Czy z załączonej karty identyfikacyjnej wynika, że zwierzę rasy charolais było hodowane w miejscu urodzenia? Uzasadnij odpowiedź.

Jaka powinna być maksymalna temperatura w głębi półtuszy w chwili odbioru dostawy?

Po ukończeniu pierwszego roku szkoły zawodowej uczniowie, którzy najbardziej na to zasłużyli – wybrani przez dyrektora na podstawie wysoce niejasnych kryteriów – otrzymali propozycję odbycia miesięcznego stażu u hodowcy. Była to forma wyróżnienia i okazja, by pogłębić znajomość bydła, a także zaczerpnąć powietrza i odpocząć od lodówek i białych kafelków.

Pim chętnie pojechałby na wieś, ponieważ rzeźnik bez krowy żywi się abstrakcją.

Pim był pełen podziwu dla tych rzeźników, którzy odwiedzali mięso, kiedy chodziło na własnych nogach, którzy chcieli pogładzić je po karku, obserwować, gdy się pasie, poznać, spojrzeć mu prosto w oczy. Wyruszali w drogę na fermę, żeby zapoznać się z przyszłymi eskalopkami, bo uważali, że stanowi to element ich pracy – trzeba wiedzieć, co się sprzedaje, kogo się sprzedaje. Patrząc na zwierzę jeszcze we własnej skórze, jeszcze w całości, wiedzieli już, co będzie warte po poćwiartowaniu – tak działa szósty zmysł rzeźnika, który widzi przez rudą sierść albo przez ryj.

Pim marzył, by zajrzeć do obory, uwiązać byczka przy żłobie, wziąć do ręki widły, chodzić po ziemi porytej kopytami, podziękować zwierzętom, rzucić im „cześć" na powitanie, a więc to wy wisicie w chłodni, znaleźć wolną chwilę, by stanąć oko w oko ze stworzeniami, które pracują u boku ludzi, by dając mleko, jajka i krew, uczestniczyć we wspólnym dziele żywienia. Tej pracy nie da się wykonać w jeden dzień, mimo że wszystko robi się coraz szybciej.

Pim trafił do hodowcy z regionu Caux, właściciela niewielkiego gospodarstwa pod Écrainville, mającego sto krów normandzkich. Przez miesiąc pomocnik rzeźnika był pastuchem. Miał dbać o codzienne potrzeby stada – doić je, pielęgnować oraz troszczyć się o zdrowie zwierząt i to, czy mają apetyt. Która wkrótce się ocieli? Czy stado żyje w zgodzie? Musiał znać imię każdej krowy i czyścić ich zady z łajna. Pierwsze poranne dojenie między szóstą a siódmą, nieprzewidywalne godziny pracy nocą (nigdy nie wiadomo, o której krowa zacznie się cielić), a do tego służbowy pokój na poddaszu – przestronny, bo trzydziestometrowy, odnowiony i wyposażony w umywalkę.

Pim wysiadł na dworcu Bréauté-Beuzeville z dwiema walizkami i pokonał ostatnich siedem kilometrów taksówką.

Samochód wjechał w błotnistą drogę, która prowadziła na podwórze fermy. W prawym rogu tego podwórza wznosiło się dziewiętnastowieczne domostwo. Wokół ciągnęły się poznaczone śladami krowich kopyt pola, nieogrodzony sad jabłkowy, stóg siana okryty plandekami, które przyciśnięto oponami traktora; w dali widniała obora, długa i niska, z czerwonej cegły i kamienia, kryta blachą cynkowaną. Tego wieczoru zwierzętom wymieniono słomę – jeszcze szeleściła pod nogami. A ponieważ krowy pasły się na łące, tu było pusto. Nadeszła pora dojenia, z dali dobiegało niskie, stłumione muczenie.

***

Pim przechodził właśnie przez podwórze w no-
wiutkich, zielonych kaloszach, gdy z czegoś w rodzaju kurnika pod gołym niebem wynurzył się
z drażniącym uszy gulgotem bajecznie koloro-
wy indor. Jego krzyk zaskoczył Pima, ale już po
chwili początkujący rzeźnik z podziwem obserwował dostojne ruchy, niesłychaną wręcz arogan-
cję tego przedstawiciela drobiu, barwy – głęboką
czerwień i zieleń piór, czerwień kołyszącego się
podgardla. Ptak zbliżał się, ciekawski i przyjazny,
wydając dźwięki, których Pim nie potrafił zinter-
pretować – może to krzyki podniecenia, a może
gulgot wesołego indyka.

Pierwszy powitał więc Pima ten życzliwy
indyk, a po kilku minutach hodowca – kawaler
w rybaczkach, który zaprosił przybysza na szkla-
neczkę cydru. Mężczyźni usiedli przy nakrytym
ceratą stole w przestronnym pokoju. Do wytraw-
nego cydru gospodarz podał pokrojoną w plasterki kiełbasę z supermarketu, którą Pim nie bez
wahania wziął do ust.

Wnętrze urządzone było nader skromnie – jedyną jego ozdobę stanowiło oprawione w ramkę
i stojące na kredensie zdjęcie krowy nagrodzonej
w konkursie rolniczym w kategorii bydła rogatego. Widać było na nim hodowcę pozującego ze

swą krową, więc po chwili rozmowa gościa z gospodarzem skupiła się na tej medalistce, która z dumą unosi wielki łeb przed obiektywem: *doskonała sztuka o wadze sześciuset siedemdziesięciu sześciu kilogramów; w najlepszym okresie dała trzy tysiące trzysta litrów mleka w ciągu stu dni. I nie dość, że to bardzo mleczna krowa, to jeszcze wygląda na to, że ma wszelkie zalety zwierzęcia rzeźnego. A poza tym jest dobrze zbudowana i łatwo się cieli. Piękna linia grzbietu, mocne nogi, ładnie prezentuje się z przodu. Naprawdę, ma mnóstwo zalet.* I dlatego dostała medal – emaliowaną tabliczkę, która wisi nad żardinierą.

Hodowca znał z imienia każdą ze swoich dziewięćdziesięciu krów i tego wieczoru opowiadał Pimowi kolejno o nich wszystkich, a praktykant robił notatki. Sreberko, mała spryciara, trzymała się swego kąta, Waleria, pyszałkowata i hałaśliwa, rozdawała razy ogonem, Pyza – dobra uczennica, trochę nadgorliwa, zawsze pchała się pierwsza do obory, Perła, stara wyjadaczka, która dobrze znała życie, zblazowana, chociaż jeszcze nienadająca się do rzeźni. Brunetka, która miała swoje nawyki i kiedy zmieniało się jej słomę, zawsze okrążała stanowisko, żeby urządzić je po swojemu, a następnie zrzucała pyskiem trochę siana ze żłobu.

Pim dowiedział się, że rasa normandzka jest we Francji najlepszą rasą mleczną, numerem jeden pod względem zawartości białka, i że jej zalety to płodność, długowieczność, odporność i łatwość w hodowli. Wiedział już, że normandka to rasa mieszana, która daje mleko, a potem, u schyłku kariery – mięso. Hodowca uzupełnił wiedzę Pima: trzy miesiące tuczenia przed podróżą do rzeźni; jej karma to pasza wzbogacona o minerały i witaminy, mieszanki sojowe i masę buraczaną. Od listopada do kwietnia bydło zostaje w oborze, przez resztę roku – na pastwisku, gdzie przez osiem godzin skubie trawę, co równa się pięćdziesięciu kilogramom do strawienia w najobfitsze dni.

Hodowca zabijał część bydląt w swoim gospodarstwie – postępował tak z ulubionymi krowami, z którymi zbyt trudno byłoby mu się rozstać. Jego faworytki dokonywały żywota na podwórku albo w stodole, jak za dawnych czasów, zgodnie z wszelkimi zasadami – do gospodarstwa przyjeżdżał rzeźnik. Typ twardziela, z tych, co to noszą nóż za pasem i pogwizdują, prowadząc wóz, tyle że ten na tylnym siedzeniu woził wykrochmalony fartuch i metalowe rękawice w specjalnym etui. Zapowiadał się, trąbiąc przed bramą, objeżdżał normandzkie hodowle, prowadził ubój wyłącznie na miejscu, na zamówienie klientów, którzy zapraszali go SMS-em: świnia.kon.ubojJ. Na fermie ubój jest bardziej ludzki. Zwierzęta nie są tak zestresowane, przecież każdy woli umrzeć w domu

– człowiek we własnym łóżku, one – na swojej podściółce. Rzeźnik bez pośpiechu wysiadał z samochodu, niebo było pomarańczowe, zasnute pasmami chmur. Zwykle mężczyzna ubrany był w dżinsy, długie skórzane buty, zawsze świeżo wypastowane, i koszulę z grubego płótna, którą do pracy osłaniał sterylnym kombinezonem.

Gospodarze wyprowadzali zwierzę na podwórko, by pokazać je rzeźnikowi, a następnie prowadzili tę pełną ufności, spokojną ofiarę do stodoły. Fachowiec sięgał po pistolet do ogłuszania, hodowca odwracał głowę – słyszał huk wystrzału, potem uderzenie zwalającego się na ziemię ciała; hodowca znów patrzył na krowę, a potem niemal uroczyście wręczał rzeźnikowi kluczyki do traktora – trzeba było unieść zwierzę na odpowiednią wysokość, żeby spuścić krew. Nadchodziła pora prawdziwej celebracji – błysk noża, ręka wykonująca jeden pewny ruch i już było po wszystkim. Gęsta krew spływała na słomę, a nie na beton fabrycznej hali, żółte klepisko szybko ją wchłaniało, a gospodarz widłami usuwał ślady.

Zanim jeszcze Pim spędził pierwszą noc w gospodarstwie, hodowca zaprowadził go do obory. Budynek był duży, doskonale wentylowany i czysty, a zimny blask księżyca oświetlał wnętrze, wpadając przez okna dachowe. Krowy stały po dwóch stronach szerokiego korytarza. Hodowca przedstawił Pimowi seniorkę stada: Czerwoną Srokę, ośmiolatkę. *Dziś rano dała czterdzieści sześć litrów. Jej nabrzmiałe wymiona kołyszą się przy każdym ruchu, są jak dzbany pełne mleka.* Pim zapytał, czy taki ciężar, takie napięcie w podbrzuszu, nie sprawia bólu. *Nie można tak o nich myśleć, nie można zakładać, że są podobne do nas.*

Czerwona Sroka uniosła ogon i na ściółkę spadło łajno. *To oznacza zdenerwowanie, to dlatego, że jeszcze cię nie zna. Najlepiej trochę ją podrap, uwielbia drapanie. Trzeba być dla nich dobrym, nie wolno traktować ich brutalnie, w tym cały sekret: odnosić się do zwierząt po ludzku, bo przecież to żywe stworzenia. Wystarczy, jeżeli będziesz dla nich łagodny. Jeżeli hodowca jest łagodny, to zwierzęta są spokojne i nie ma problemów, bo odwdzięczają się tym samym. Człowiek musi zrozumieć, jak funkcjonuje zwierzę. Nie tylko to, jak trawi. A cała reszta to już współpraca.*

Bo krowy mają swój zawód, robią karierę z hodowcą, pod jego kierunkiem. Psy i tygrysy nie pracują, a krowy harują i wytwarzają. Są jak małe fabryki, żywe fabryki, wytwórnie mleka i mięsa, funkcjonujące w trójzmianowym systemie czworonogi.

Psy dotrzymują towarzystwa, tygrysy są piękne, zwinne i okrutne, a krowy, chociaż nie zawsze poruszają się z wdziękiem, dobrze na siebie zarabiają – hoduje się je i wypasa, by posłać je na rzeź, ale hodowla to czas spędzony razem, chociaż jej cel to produkcja jedzenia. Ale przecież zjeść cię krowo, zjeść na zakończenie historii, nie oznacza wcale, że nie dostrzega się piękna i radości, jakie niesie ten wspólny czas. Krowo, kocham cię tak, jak jem.

Pim wszedł do pokoju na poddaszu, otworzył okno i wychylił się na zewnątrz. Ujrzał upstrzoną gwiazdami, głęboką ciemność, poczuł ożywcze, pachnące powietrze – poczuł też gnojówkę, ale przede wszystkim las i śmietanę. Ta noc i chłód w niczym nie przypominały jaskrawo oświetlonych hal, po których krążą wśród stalowych chłodni ludzi w bieli. To była bezkresna wieś, szron, który pobiela, poranne mgły ciężko unoszące się nad łąkami.

Ta pierwsza noc była krótka, a sen na poddaszu niespokojny. Skrzypiące metalowe łóżko, szorstka pościel z grubego lnu, szaleńcze gonitwy myszy polnych po belkach stropowych, księżyc, dla którego zasłony okazały się zbyt cienkie, parkiet, który skrzypiał jak statek na silnej fali, wiejskie odgłosy życia, które aż kipiało na ziemi i w gałęziach drzew, sowa, ryjówki i wiatr – musiał do tego przywyknąć.

O 6.00 rano, słuchając porannych wiadomości w radiu, wypili na śniadanie kawę i zjedli maczane w niej sucharki bez masła, potem przebrali się w kombinezony robocze, gumiaki, wełniane czapki i watowane kurtki. Wreszcie hodowca poprowadził Pima przez ciemne podwórze.

Pim poczuł, jak niewidzialna ręka ściska mu serce – ogarniał go paniczny strach, napięcie, tak dziwne wobec spokoju tego miejsca i głębokiej ciszy, którą zakłócał tylko głośny oddech zwierząt, gdy kłęby pary wydobywały się z błyszczących nozdrzy i pysków. To pora pierwszego dojenia, Pim miał nauczyć się, jak obsługiwać dojarkę, ostrożnie nakładać kubki udojowe na wymiona, nie raniąc delikatnych jak satyna strzyków. Strzyków się nie jada, a przecież są tak apetyczne, subtelnie różowe. Mięsożerca Pim miał ochotę wgryźć się w nie, a może pokroić je w cienkie plasterki, marzył o wymionach w witrynie, ale to mięso sikało mlekiem, nie krwią.

Hodowca obejrzał bolące rogi jednej z krów. Zakrzywiły się i rosły spiralnie, ku dołowi, wbijając się już w łeb zwierzęcia tuż nad oczami. Hodowca wyjął z kieszeni pilnik i energicznie spiłował nim rogi. Pim nie bez obawy spełnił jego prośbę i przytrzymał krowi łeb (po raz pierwszy dotykał głowy żywej krowy) podczas tej operacji. W końcu ostro zakończone czubki rogów odpadły, a w miejscu ich zetknięcia ze skórą pojawiły się otwarte rany. Zwierzę wyrwało łeb z rąk Pima.

Przesiąknięte bydlęcym zapachem powietrze w oborze było ciepłe. Zwierzęta stały po kolana w ściółce, podczas gdy na dworze, nad błotnistą ziemią i kałużami, unosiła się gęsta mgła. Hodowca wręczył Pimowi łopatkę i widły do gnoju i podściółki, mówiąc: *kiedy dorzucasz słomy, uważaj, żeby nie oberwać ogonem po twarzy. O, przymocuj ogon w ten sposób do tylnej nogi, wtedy nie będzie tak nim wymachiwała.*

Dziesiątki potężnych, umięśnionych zadów, które aż chciałoby się poklepać, tworzyły równy szpaler, łby pochylały się nad korytami, pyski trącały automatyczne poidła i zaraz potem zanurzały się w chłodnej wodzie. Jedno zwierzę potrafi wypić w ciągu kilku sekund dwanaście litrów. Pim słuchał, jak krowy przeżuwają, jak bezmyślnie grzebią w żłobach i przełykają paszę, która przesuwa się do ich ciepłych żołądków. Krowy to naturalne maszyny do trawienia. Łąki różnią się między sobą, więc i mleko może tryskać, niosąc smak pieprznych ziół, a wkrótce pojawi się pewnie mięso o zapachu natki. Pim napawał się zapachami, które przenikały go jak smak likieru, oddychał pełną piersią, ukołysany rytmicznymi odgłosami życia i oddechów, szelestem słomy pod nerwowymi kopytami, pomrukami zadowolenia i znudzonymi westchnieniami zwierząt, których wymiona były już podłączone do dojarki ciągnącej i mruczącej jak mechaniczne cielę.

A mleko tryskało do rurek niczym oślepiająco biała krew – wspomnienie zarzynanego wieprzka, ale wszystko tu było barwy śniegu, obłoków i wapna. Pim miał ochotę spróbować płynu, który wypełniał beczki, napełnić usta tłustym, gorzkawym mlekiem, poczuć jego ciężar, kiedy spływałoby w głąb, pokrywając żołądek warstwą tłustej piany. Z wielką czułością patrzył na zwierzęta, na te brzemienne mięsem zwierzęta, na tę obietnicę obfitości.

Poprzedniego dnia, przy neonowych lampach w kuchni, hodowca przestrzegał Pima przed rozczulaniem się. *Bydła nie można za bardzo polubić, w przeciwnym razie będzie po tobie. To nie są zwierzęta do towarzystwa. To trudne, bo przecież nie są rzeczami, ale i nie ludźmi. Jeżeli za bardzo się do nich przywiążesz, trudno ci patrzeć, jak idą do ubojni.* Z kurczakiem jeszcze można sobie poradzić, nawet kiedy się do niego przywiążesz, ale jakoś to przebolejesz, ale krowa to co innego. *Cała różnica tkwi w tym, że z krową łatwiej się zaprzyjaźnić niż z kurą.* Bo krowa jest do nas podobna: jej duże czarne oczy spoglądają na nas spod długich rzęs z taką głębią. Te rzęsy – gęste, wywinięte, wzruszają nas i niepokoją.

Pozbawione życia koraliki – ślepia kur – z niczym nam się nie kojarzą i nie patrzą na nas. Kury nie mają rzęs, ich ślepia są okrągłe i nieruchome, a kury są głupie. Widzieliście, jak się poruszają? W dodatku ich mięso jest białe. Nie ma krwi, nie ma rzęs, nie ma uczuć.

Węże, muchy, krety nie mają rzęs, więc nikt ich nie kocha, nie zbliża się do nich, nie głaszcze.

Ale Pim nie bał się czułości, bo już dobrze ją znał – darzył czułością steki.

Teraz był z krowami sam, hodowca zostawił go, żeby oswoił się z oborą. Uczeń ułożył się na świeżej słomie, pod kopytami łagodnego, zajętego żarciem bydlątka, potem obrócił się, żeby wylądować między tylnymi nogami krowy, z głową zwróconą w jego stronę. Odpychając się stopami, wsunął się pod rozdęty, nieproporcjonalnie duży i biały brzuch. Gdyby krowa się teraz położyła, zgniotłaby go, zmiażdżyłaby Pima. Krowa miała na imię Falbanka, mierzyła w kłębie półtora metra, a ważyła 800 kg. Była biała w brązowe cętki, miała brązowe obwódki wokół oczu i pysk. Jej łeb był krótki, a czoło szerokie, lekko wklęsłe między oczami. Na karku i nad kopytami jej sierść była nieco obfitsza.

Leżąc pod krową jak pod rozgwieżdżonym niebem, z rękami pod głową i źdźbłem słomy w zębach, Pim dokonywał inwentaryzacji prac, które musiał wykonywać: dojenie, karmienie, czyszczenie, mycie ogonów, usuwanie gnoju z kopyt. Być może będzie musiał asystować weterynarzowi, gdyby któraś z krów cieliła się nocą – wyciągać cielę, natrzeć je słomą, nakarmić smoczkiem. Miał dbać o krowy, opiekować się nimi i wydobyć jak najwięcej wapnia z ich wymion. Jeżeli w hodowli wszyscy dobrze pracują, krowę w końcu trzeba oddać pod nóż, bo przecież urodziła się jako mięso.

Strumień moczu, który popłynął z hałasem, obryzgał Pima, przywołując go do rzeczywistości.

Chłopak podniósł się na czworaka, ale nadal był pod Falbanką, która miękko popchnęła go kopytem, żeby zmusić do odejścia. Pim przewrócił się na bok i wstał, a krowa zwróciła łeb w jego stronę i patrzyła. Oczyma w brązowych obwódkach, o rzęsach jak wachlarz i czarnych jak węgiel źrenicach.

Pim nigdy nie patrzył krowie w oczy. Zwykle widywał cielęce łby, ale wtedy powieki były zamknięte i sine, a źrenice martwe. Krowy widywał tylko w stadzie. Jeżdżąc drogami, wzdłuż których ciągną się łąki, często się je mija. Zwracają ku nam ciężkie łby i nie odrywają od nas oczu, dopóki nie znikniemy w dali. Zawsze czekają, aż intruz zniknie z ich pola widzenia, by potem spokojnie wrócić do skubania trawy.

Pim zrobił krok w bok – oczy Falbanki śledziły jego ruch, wielkie źrenice lśniły, wbite w oczy Pima jak zatrute strzały.

Hodowca mówił wyraźnie: trzeba poświęcić trochę czasu, popatrzeć na zwierzęta, obserwować je, przede wszystkim żeby czegoś się o nich dowiedzieć, ale i dla przyjemności, a także dlatego, że są niezwykłe.

Ale tego ranka w oborze to nie Pim patrzył na krowę, lecz ona na niego. Był obserwowany, ona zyskała przewagę, przejęła władzę. To nieruchome zwierzę nie zamierzało się poddać, nawet nie mrugało. Stali teraz oko w oko, bo Pim bardzo ostrożnie się obrócił, żeby oprzeć się plecami o koryto, a zwierzę mieć z boku. Onieśmielony i skrępowany, to on spuścił oczy, a potem je uniósł w nadziei, że krowa zajęła się czymś innym, że skończyła z tą obsesją, która wzbudziła w nim nie tylko zdziwienie, ale i głębokie zakłopotanie.

Krowo, masz nade mną przewagę, bo wiesz, że jestem tu nowy i chcesz mnie wystawić na próbę, tak?

Falbanka milczała jak zaklęta, jej chrapy drżały równym oddechem, ale poza tym była nieruchoma. Z wilgotnego pyska wydobywały się delikatne smugi pary. Jeśli to był pojedynek, to Pim wcale nie był przekonany, że wyjdzie z niego zwycięsko.

Przymknął oczy, głęboko odetchnął, skoncentrował się, zacisnął pięści i zęby, udawał czarownika, szamana, wzywał duchy zwierząt, uznał się za krowę i zaczął się obracać. Uaktywnił wspólne geny, jego brzuch wydął się i zaokrąglił, nos spuchł i stał się wilgotny, twarz się spłaszczyła, skóra porastała rzadką sierścią, rosły mu rogi, które przebijały skórę na czole, uszy zrobiły się duże i w końcu Pim opadł na cztery kończyny. Ta metamorfoza trwała tylko chwilę, potem Pim odzyskał ludzką postać i wtedy znów otworzył oczy, ale tajemnica krowy pozostała nierozwiązana, a wizje się rozproszyły.

Pojedynek trwał nadal – Pim się prężył, mocno napinał mięśnie nóg i już się nie poruszał. Falbanka, wciąż nierozszyfrowana, świdrowała go spojrzeniem czarnych oczu. W umyśle Pima mnożyły się hipotezy, pytania cisnęły się do głowy setkami, przyprawiając o dudnienie w skroniach, a tymczasem Falbanka czytała w jego myślach i wiedziała wszystko, widziała wszystko. Pole widzenia krowy obejmuje trzysta sześćdziesiąt stopni, albo prawie tyle. Nic jej nie umyka, wie, że Ziemia jest okrągła, widzi wszystko, co się zbliża, i nie da się jej zaskoczyć.

Falbanka miała więc oczy z tyłu głowy i po bokach – omiatała wzrokiem okolicę, a tymi oczyma widziała też wnętrze Pima – od góry do dołu, przenikał go nim na wskroś. Okrążała Pima, dostrzegała jego rozczarowanie, ale bawiło ją to granie na nerwach człowiekowi, widziała jego miotające się w piersi serce, rozedrgane wnętrzności i łzy zbierające się za gałkami ocznymi, gotowe wytrysnąć w każdej chwili.

***

Na co się tak gapisz? Wyglądało na to, że krowa zwróciła teraz wielkie ślepia na rozporek Pima i nachalnie patrzyła na jego krocze. Chłopak wstydliwie się osłonił. *Krowo, ty chyba masz obsesję! Wciąż się gapisz?* Pim nadal nie rozszyfrował tego spojrzenia: jak odgadnąć, czy to drwina, zdziwienie, czy wyrzut?

Co się dzieje w tym wielkim krowim łbie? Jakie pomysły chodzą po twojej grubej głowie? Plany buntu w oborze, ucieczki, zemsty? A może chcesz zostać moją przyjaciółką? Podejrzewam, że gdybyś umiała mówić, nawtykałabyś mi. Brakuje ci tylko słów, totalnie ci ich brakuje. Brakuje ci tylko słów, najzwyczajniej nie umiesz gadać, krowo. — Pim podniósł głos, Falbanka poruszyła się, no i nareszcie odzyskał swobodę, bo krowa odwróciła łeb, obrażona, naburmuszona i znowu pochyliła się nad jedzeniem, które było jej ucieczką od rzeczywistości.

Pim wycofał się po cichu i osunął się na taboret do dojenia, pozostawiony przez zapomnienie w drzwiach obory.

Historia wieprza-mordercy

Był to wieprzek narwany, nieprzewidywalny i brutalny. Jako jedyny z sześciorga prosiąt ocalał po urodzeniu. Matka, maciora, wpadła w obłęd i pożarła na jego oczach piątkę jego sióstr i braci. Czekał, aż przyjdzie kolej na niego, a zrezygnował z życia tym łatwiej, że tylko przez chwilę poznawał tę mroczną rzeczywistość zwaną bytem, ale maciora go nie chciała. To wcale nie znaczy, że go oszczędziła, przeciwnie – jej brak zainteresowania i pogarda wobec prosiaczka były tak duże, że nie wydawał jej się dobry nawet do pożarcia. Ten prosiak miał naprawdę fatalny start.

Wieśniak zabił maciorę uderzeniem młotka w tył głowy, a prosiaczka postanowił zatrzymać i utuczyć.

***

Pewnego ranka, kiedy wieprzek zagustował w wycieczkach po wsi, gdzie szukał odpadków, na jego drodze znalazł się czteroletni chłopczyk, najmłodszy syn pewnej zamożnej rodziny. Bestia rzuciła się na dziecko, odgryzła mu uszy i uciekła. Chłopczyk nie przeżył.

Zwołano wszystkich chłopów, zorganizowano nagonkę w całej okolicy i w końcu rozpoznano ślady wieprza na błotnistej drodze pod lasem. Wytropiono go, odnaleziono i schwytano. Związanego, przetransportowano furmanką do wsi. Zamknięto go w lochu, stosując surowy reżim, czyli: wiązka słomy, chleb i woda.

Przydzielono mu adwokata z urzędu. Zadanie prawnika nie należało do łatwych – to on miał wytłumaczyć bestialski czyn klienta, przedstawić okoliczności łagodzące. Czy dziedziczne dzieciobójstwo wystarczy, by zmiękczyć sędziów? Podły charakter tego wieprza był powszechnie znany, wiedziano, że zwierzę jest porywcze i zmienne. Przesłuchanie właściciela tylko potwierdziło tę złą opinię.

Świnia siedziała pod kluczem trzy tygodnie. Ani razu nie zmieniono jej podściółki, musiała dzielić ze szczurami cuchnącą wilgocią celę, a od suchego chleba, który jej rzucano, dostała zgagi. Na domiar złego światło dzienne ledwie sączyło się przez brudne okienka. Ale trzy tygodnie okazały się konieczne, by wykazać winę świni.

Prokurator wielokrotnie odwiedzał wieprza w więzieniu, żywił bowiem nadzieję, że skłoni go do zeznań, jednak oskarżony uporczywie milczał. Poddano go torturom, i to jednak nic nie dało. Rozpalone do czerwoności szczypce, które przymocowano mu po obu stronach łba, wydarły z jego ryja tylko stłumiony kwik bólu.

W dniu procesu w sali rozpraw stłoczyła się cała wieś. Świnia stała na czterech nogach w boksie dla oskarżonych. Ubrano ją w szarawe bufiaste portki i podartą marynarkę z surowego lnu. Prokurator zwrócił się do oskarżonego: *Wstań, świnio! Wszyscy tu dobrze znają twój wredny charakter i nieokrzesane maniery. Niestety tę zbrodnię można było przewidzieć. Co możesz powiedzieć na swoją obronę?* Ale świnia uporczywie milczała, a jej cichych pochrumkiwań nie traktowano jak odpowiedzi.

Zgodnie z podejrzeniami argumenty adwokata, który przypomniał o trudnym dzieciństwie i głębokiej traumie okołoporodowej, nikogo nie przekonały.

Odczytano akt oskarżenia oraz wyrok: wieprz-ludobójca ma zostać stracony przez powieszenie.

Egzekucja odbędzie się nazajutrz, mieszkańców wsi zachęca się, by przybyli na jej miejsce. Gospodarzy prosi się o przyprowadzenie zwierząt, aby te dowiedziały się, jaki czeka je los, jeśli dopuszczą się podobnej zbrodni. Egzekucja świni ma być nauczką i przestrogą.

W południe zwierzę przyprowadzono na szubienicę. Właściciel, którego skazano na wypłacenie rodzinie ofiary odszkodowania wraz z odsetkami, patrzył, jak przepada źródło znacznego dochodu. Wieprzek miał bowiem zostać wkrótce zarżnięty, a jego mięso sprzedane.

Ubrany w ten sam co podczas procesu idiotyczny garnitur, morderca został wystawiony na widok publiczny. Kat najpierw błyskawicznym ciosem topora obciął mu ryj i okrył ranę ludzką maską. Potem powiesił świnię za szyję. Ale rozbudowane mięśnie i tłuszcz uchroniły zwierzę przed uduszeniem, a pętla po prostu zsunęła się po tym żywym pancerzu. Ostatecznie wieprzka powieszono za tylne nogi, ogłuszono i zarżnięto. Tłum klaskał jak szalony, kapelusze latały w powietrzu. Kilka obecnych na miejscu świń, pobladłych

i zamarłych z przerażenia, rzucało swym gospo-
darzom rozpaczliwe spojrzenia, ci jednak pozo-
stawali obojętni wobec lęku zwierząt. Tymczasem
kury, konie i króliki wstydliwie spuściły oczy.

Na fermie dni płyną zgodnie z rytmem pór roku
– deszcz, różowe niebo, pasma chmur nad horyzontem, przemoczone słońce, niewielki zagajnik
i olśniewająca zieleń – dni Pima także płynęły
w rytm dojenia i powtarzalnych prac – sprzątanie
stajni, napełnianie koryt – i wcale nie były monotonne, lecz wypełnione spokojem i harmonijne. Przykładał się do pracy, oddany obowiązkom
w oborze tak samo, jak tym w sklepie rzeźniczym.
Dopasowywał się do każdej formy, wcielał w każdą rolę, wszystko mu odpowiadało, wszystko mu
się podobało i go pasjonowało, trzeba było dać
mu tylko narzędzie do ręki – nóż rzeźniczy albo
widły – żeby zobaczyć jego zapał, zobaczyć, jak
się rozpala, jak ogarnia go istny obłęd – co prawda, kontrolowany, skryty, dający o sobie znać

jedynie poprzez niepokojącą powtarzalność gestów. Pim był młodym, skrytym mężczyzną, był jak niewzburzone morze, był człowiekiem czynu, sumą gestów. Jeśli coś w nim wypływało z głębi, to łzy i nic poza tym. Jeśli coś nadciągało, wybuchało, odmieniało jego twarz, to nieodgadnione, ale konkretne łzy.

Przyzwyczaił się do pokoju pod dachem, który skrzypiał, wspinał się tam co wieczór, zgięty wpół i spokojny, spał jak suseł do brzasku. Pim i hodowca zgodnie wiedli dwa samotne żywoty, obaj pracowali i wzajemnie sobie ufali. Posiłki jadali razem przy długim wąskim stole, rozmawiając o zdrowiu krów, kolorze nieba, kryzysie zbożowym, cenach za usługi weterynaryjne czy normach europejskich, a ich głosy czasem zagłuszał dziennik telewizyjny oglądany w starym telewizorze, który stał na kredensie.

Po kolacji wychodzili na spacer, dla zdrowia, i podziwiali Wielką Niedźwiedzicę, czując jeszcze w ustach ostry smak cydru.

Pim skupiał się na krowach tak jak na tym mięsie, które kroił, zawsze robił tylko jedną rzecz naraz i oddawał się jej bez reszty, a teraz to krowy wymagały jego czasu i poświęcenia, dziś nie istniało nic ważniejszego od bydła, dziś Pim z radością oddawał się życiu innych, choćby to były tylko zwierzęta.

Zwłaszcza Falbanka, jego pupilka, wybranka, a nawet przyjaciółka, choć początkowo potraktowała go tak podejrzliwie. Kiedy Pim wchodził do obory, od razu ją wołał, a ona się podnosiła, poznawała go, mówiła. Wydawała różne dźwięki, muczała, ziała, grzebała kopytem, mówiła rzeczy, które wyrażały chyba zadowolenie, ujmowała to w przeciągłych, wysokich dźwiękach. Pim podchodził, a krowa obwąchiwała jego ubranie, potem twarz, tuląc wielki łeb do jego jajowatej głowy, tak że chłopak czuł woń siana bijącą z jej pyska. Pim zamykał oczy, cieszył się tą chwilą, czekał, aż silny język – gruby i chropowaty, liźnie go po twarzy, przesuwając się od brody po czoło, a potem od czoła po brodę. Wyciągał rękę. Falbanka nieco się cofała i układała na swoim miejscu, a chłopak siadał obok niej, głaskał ją po łbie, drapał za uszami, a ona na wszystko mu pozwalała, wpatrzona oczyma jak smoła w jego oczy, ale już bez niechęci. Sąsiadka Falbanki obserwowała tę scenę, a potem spoglądała w górę, zupełnie jakby czekała, aż skończy się to intymne spotkanie. Pim otulał kark Falbanki ramieniem i łagodnie ją przyciągał, potem opierał głowę o szerokie czoło

krowy, obejmował ją, pieścił ciepłe, porośnięte
ostrą sierścią policzki, myśląc w takich chwilach
o mięsie.

Zanim Falbanka mogła pójść na łąkę, zanim
wyszła na otwartą przestrzeń i zobaczyła zieloną
trawę i radosny zagajnik – gdzie ludzie widzieli,
jak pasie się w dali, dzieciaki przywierały nosami
do szyb samochodowych, pokazując ją palcami
i pokrzykując – Pim musiał ją przygotować, wy-
szczotkować sierść, która zbiła się i stwardniała
w oborze, natrzeć rogi naoliwioną ściereczką,
usunąć z nich zaschniętą ziemię, żeby błyszczały jak białe kły słonia zanurzające się w wodach
Gangesu. Chętnie zawiesiłby jej kolczyki ze
szklanych paciorków, a w nozdrza wpiął złoty
pierścień, na bokach wytatuowałby jej mistycz-
ne motywy i kolorowe arabeski między oczami.
Czyścił jej ogon i kopyta z łajna, strzygł, zaczyna-
jąc od nogi, potem przechodząc pod brzuch, na
grzbiet, wzdłuż kręgosłupa, a wreszcie u nasady
ogona i bardzo delikatnie wokół wymion. Robo-
ta przedłuża się na brzuchu, ale teraz sierść była
przerzedzona i równa. Łzy płynęły, znikały przy
nozdrzach, ale Pim już od dawna nie ocierał łez,

mógłby to przecież robić bez końca, więc pozwalał im obsychać i parować, chociaż skóra piekła go i ciągnęła. Łzy Pima były takie, jakby wdychał pyłki w pierwszych dniach wiosny: najpierw czuł pieczenie oczu, które pokrywały się siateczką drobnych czerwonych naczynek, a potem się zaczynało – eksplozja i strumienie, płynne wybuchy, oczy jak wulkany podczas erupcji. Przyglądał się krowie: łeb, oczy, pysk, nozdrza, a dalej silne, kształtne ciało, ciemne plamki na białej szacie, delikatne ciepło. Macał ją, dotykał brzucha pełnego przeżutej na papkę trawy. W życiu krowy wszystko toczy się wolno, spokojnie, każdy element metabolizmu jest zarazem oszczędny i produktywny, jakby wszystko było wyliczone w tym cierpliwym i ciężkim bytowaniu. Krowa przez większość życia jest nieruchoma, powstrzymuje się, czeka, zawsze do dyspozycji, zawsze łagodna, a potem błyskawicznie znikają ślady rozdęcia, jakby ktoś przebił balon – teraz powstaje jogurt, kiedyś wreszcie – rostbef. Jak to jest być krową? To przemiana pór roku, pasza, palce człowieka na wymionach albo na gardle.

Gdyby otworzyć płaską czaszkę krowy, gdyby Pim przeprowadził delikatną trepanację nicią do cięcia masła, a potem wśliznął się do puszki mózgowej, zakradł się pomiędzy mózg a oko, oto co by zobaczył ukryty za źrenicą bydlęcia, z ludzkim okiem przytkniętym do oka krowy: uzyskałby nową wizję świata, mógłby spojrzeć na podobnych do siebie krowim okiem, które zaokrągla rzeczywistość, widziałby tylko ich gesty, kroki, ludzki byt okrojony, słyszałby tylko intonację głosów, czułby zapach człowieka, wychwytywał życzliwość albo brutalność. Pim widziałby zaledwie sylwetki hodowców, mleczarzy, pasterzy, weterynarzy i handlowców liczących, że uda im się zbić fortunę. A za tymi sylwetkami ujrzałby majaczącą na horyzoncie wygłodzoną masę, która gdacze i domaga się ziarna. Pim zobaczył to, co widzi krowa, więc może Pim był aniołem, który przemawia do normandzkich krów, świętym, który błogosławi mięso, magiem, który je ćwiartuje, jasnowidzem obory. Podróżował w czasie, pamiętał, że krwią zwierzęcia ofiarnego rysował krowę na ścianie jaskini, pamiętał, że była święta, czczona, że modlono się do niej i rzeźbiono ją w złocie. Pamiętał, że ją udomowił, że obcinał jej rogi, by wieszać je nad kominkiem, że odzierał ją ze skóry, by uszyć płaszcz, że piętnował rozpalonym żelazem, a wreszcie piekł nad ogniem. Krowo, można się do ciebie przywiązać, dobrze mi służyłaś, a teraz mnie poznajesz.

Trzeba kochać zwierzęta, niekoniecznie te domowe – psy i koty, niekoniecznie dzikie – hieny czy lwy, ale zwierzęta nam bliskie, udomowione, produkcyjne. Pim już wiedział, że umrze jak zwierzę, wiedział, że kiedy wybije jego godzina, dołączy do trzody chlewnej. Rzadko zdarza się nam wiedzieć, jak umierać, a zwierzęta to wiedzą, wystarczy im się przyjrzeć i je naśladować. Znajdują sobie jakieś miejsce, kącik i spokojnie czekają, kontrolują własny oddech, liczą minuty, a czasem godziny, starają się zbytnio nie przeszkadzać, nie zwracać na siebie uwagi, nie wydają okrzyków. Zwierzęta są wzorowymi umierającymi, chociaż o tym nie wiedzą.

Trzeba kochać zwierzęta, które uczą nas umierać, bo wszyscy skończymy tak samo, nie będzie żadnych wyjątków, a one mówią nam, że nie ma ucieczki – ani dla nich, ani dla nas, w końcu każdy stanie się truchłem. Uczą nas też, jak żyć, żyć z rozmachem, bo zwierzę to pierwotne namiętności człowieka – cierpimy jak zwierzęta, jesteśmy jak krwiste befsztyki wołowe, nasze ciało nam się wymyka, wyślizguje się z rąk, z palców i sumienia.

***

Hodowca, stojąc w drzwiach obory, słuchał Pima, który mówił do zwierząt. Każdy hodowca mówi do swoich krów, ale Pim robił to inaczej, on rozmawiał z krową, nie ograniczał się do wydawania poleceń, uspokajania, chwalenia czy zachęcania, on się w to włączał, mówił „my", mówił „ty i ja", posuwał się bardzo daleko, podchodził do krowy, rozpościerał ramiona niczym Mesjasz na krzyżu, mówił: *ty i ja...nasze losy się splatają, pokroję cię z szacunkiem i starannością, zostaniesz bardzo dobrze potraktowana, ponieważ jestem „dobrym rzeźnikiem".*

Długo głaskał zwierzę, jego ręka wędrowała po ciele krowy, czuł, jak krew pulsuje w żyłach, tych żyłach biegnących pod grubą skórą, wyobrażał sobie mięso – Pim dotykał ciała zwierzęcia jak ciała leżącej dziewczyny – najpierw policzek, potem szyja, podgardle, łopatka, żeberka, potem antrykot i rumsztyk, i znów w dół, do kopyt i w górę, po nodze – gicz, goleń, pręga, i jego ręka kończyła wędrówkę na krowim zadzie, na udźcu i polędwicy.

Zetknięcie tych dwóch skór – jego dłoń na jej boku – przyprawiało go o dreszcz, o mrowienie w podbrzuszu, powodowało, że uginały się pod nim nogi, że kręciło mu się w głowie, zmysły się mąciły, znów tryskały łzy, tym razem kapiąc na krowę i spływając po jej sierści jak po goreteksie, a krowa nic nie czuła, obojętnie przeżuwała, bo trzeba by wiadra łez, żeby cokolwiek zauważyła.

Po miesiącu spędzonym na wsi Pim ogorzał na świeżym powietrzu, nieco rozrósł się w barach, nabrał mięśni od codziennej ciężkiej pracy – noszenia wiader, przerzucania siana, ciągłego ruchu, sprzątania obory, wymachiwania łopatą albo widłami.

Przez ten miesiąc praktyk Pim widział zwierzęta z bliska, obserwował, jak ich wymiona stają się ciężkie, jak zaokrąglają się boki, patrzył na te lśniące, pełne obietnic oczy. Czuł woń życiodajnej łąki przenikającą do mięśni i kojącą nerwy.

Pim przybył do zwierząt – powrócił do nich, teraz jednak musiał odejść, iść tam, dokąd wiedzie ślad mięsa – opuścić oborę, żeby znów znaleźć się w chłodni, na swym miejscu u kresu drogi.

Opublikowany w lokalnym wydaniu „Ouest-
-France" artykuł zajmował pół kolumny. Czarno-
-białe zdjęcie ukazywało Pima z profilu. Wydawał
się zatroskany, gdy pochylał głowę nad kawałkiem
wołowiny z nożem gotowym do cięcia mięsa. Pod
zdjęciem widniał podpis: „Pim z Ploufragan, najlepszy uczeń rzeźniczy w Côtes-d'Armor".

*Sala rozbioru zakładu rzeźniczego Sanzot
w Paimpol została na tę środę przeobrażona w salę
egzaminacyjną. Pięciu młodych uczniów ubiegało
się o tytuł najlepszego ucznia rzeźnika w Côtes-
-d'Armor. Kandydaci mieli trzy godziny na przygotowanie udźca wołowego, łopatki jagnięcej i łopatki
cielęcej. Egzaminatorem był sam Léandre de Tallec, skarbnik cechu rzeźników, a zarazem rzeźnik
z Paimpol. Sprawność wykonania zadań, od trybo-*

wania i luzowania oraz preparowania, po prezentację gotowego produktu, to kryteria oceny, wyjaśnia Léandre de Tallec, podkreślając, że rzemiosła odradzają się pod długim okresie, kiedy to nie były należycie cenione.

Po zdobyciu tytułu najlepszego ucznia rzeźniczego w Côtes-d'Armor Pim weźmie udział w mistrzostwach Bretanii w Bruz pod Rennes. A jeśli zdobędzie tam jedno z czterech pierwszych miejsc, czekają go mistrzostwa kraju, które odbędą się w czerwcu w l'Eure.

Część II

Podróżował, opuścił Bretanię.

Dowiedział się, czym jest melancholia hurtowni o świcie, otrzeźwiające przebudzenie lodówek pełnych mięsa, otępienie pracą i szumem maszyny do mielenia mięsa, gorycz krwi o smaku ołowiu.

Wyjechał do Paryża i otworzył tam własny sklep rzeźniczy.

Paryż to stolica mięsa, miejsce, gdzie sztuka prezentacji wyniesiona została do rangi świętości, gdzie krojenie wymaga największej finezji, a plastry są o wiele cieńsze i bardziej wypracowane niż te proste, bretońskie.

Pim przeniósł się tam jako człowiek uparty, samotny i dokładny.

Nic innego już nie istniało. Rzeźnictwo zajmowało teraz całą przestrzeń, pochłaniało to życie w zawieszeniu, bo nawet rodzina i nieliczni przyjaciele pozostali daleko, bo kobiet pojawiało się w nim mało i niewiele było rozrywek, było za to zatraceńcze umiłowanie pracy, szaleńcza radość powołania, niemal obsesja: Pim jako żołnierz mięsa czerpał siły z łańcucha godzin pracy. Wiodło mu się dobrze, pieniądze napływały i gromadziły się na koncie, a raczej – w kącie jego życia, życia, które było tylko czasem, jaki został nam dany.

Pim poświęcał się wyłącznie ciągłemu doskonaleniu umiejętności i zdobywaniu wiedzy, wciąż zgłębiał tajniki zawodu. Często proszono go, by wziął udział w konferencji albo w debacie na temat przyszłości krowy normandzkiej, zalet kurcząt z Bress czy też fachowości rzeźników i hodowców. Pim był znany jako doskonały prelegent, jego referaty ceniono za fachowość, a ponadto uważano za porywające. Badał cechy krów rasy jasnej akwitańskiej o rzadkiej sierści i wyjątkowo delikatnej strukturze mięsa, analizował bladość charolaise, żywe, rude zabarwienie limousine, chwalił świnię rasy blanc de l'ouest za wysokiej jakości tłuszcz, podziwiał czarne zady rasy limousin, rozłożyste biodra i drobne, jakby wysunięte do przodu uszy, świnię z Miélan o krągłych żebrach, którą tuczyło się szybko i łatwo, a która dawała ścisły i aromatyczny boczek. Darzył wielką sympatią te jadalne, oddane ludziom zwierzęta, podziwiał ich rolę w łańcuchu pokarmowym oraz ofiarność. *Wiele im zawdzięczamy, przede wszystkim silne zdrowie i przetrwanie. Zwierzęta wiedzą, że natura nie robi nic na darmo, że nie znosi próżni, wiedzą, że są pożyteczne i są świadome swego przeznaczenia, wiedzą, że mają nam służyć, być mięsem armatnim rodzaju ludzkiego, klap, klap, klap.*

Na szyldzie nad witryną sklepu widniał wymalowany złotymi literami napis: *Rzeźnik Pim.*

Wewnątrz kompozycja wystawy opierała się na gatunkach mięs i kolorach. Mięsa błyszczały jak diamentowe kolie. Na odcinku pięciu metrów spojrzenie przesuwało się z najgłębszej czerwieni, cynobrowej wołowiny i szkarłatnej baraniny, na jaśniejsze barwy subtelnego różu cielęciny, cielistego drobiu, a wreszcie na białawą wieprzowinę. W końcu, na zakrzywieniu, stały w kamionkach regionalne pasztety i ułożone w stosiki kiełbaski, leżały suszone szynki, a wszystko ozdobione było zieleniną z plastiku. Kilka wiszących kurcząt żałośnie wyciągało chude szyje ku niebu, a na ich obwisłej skórze, chciałoby się powiedzieć – pokrytej gęsią skórką – widniały trójkolorowe wstążki.

Tuż przy wejściu na zaplecze maszyna do mielenia wydawała głuchy, monotonny dźwięk, wyrzucając długie, miękkie węże mięsa, które osuwało się na pergamin.

Cienka warstwa wiórów na podłodze pokryta była odciskami butów. Te drobiny drewna pochłaniały tłusty kurz, który wisiał w powietrzu, mięsny pył pryskał spod piły i opadał jak różowa rosa.

Ciemnobrązowe półki na ścianie na wprost witryny zastawione były słoikami fasolki szparagowej, purée w płatkach, chipsami, puszkami sosu bearneńskiego, pasztetami wiejskimi i butelkami regionalnych win. Niebieska lampa neonowa wabiła i dosłownie piekła muchy, owady leciały do niej i opalały sobie skrzydełka. Słychać było wtedy cichutkie skwierczenie.

Na ścianie medale, drewniane i gliniane tabliczki zapewniały, że sprzedawany tu towar pochodzi ze wskazanych źródeł, że śledzona jest droga, jaką przebywa mięso, a hodowcy i ubojnie spełniają wszelkie normy i podlegają kontroli. Jedyną dekoracją były trzy oprawione w ramki portrety krów: salerskiej, z Aubrac i charolaise. Patrzyły w obiektyw, na szyjach miały ciężkie dzwonki odlane w brązie, a za nimi rozpościerały się soczyste łąki.

***

Tego ranka Pim zamówił dostawę wołowiny za pięć tysięcy euro w półtuszach i ćwiartkach. Była siódma rano, rzeźnik wypatrywał samochodu dostawczego, chciał jak najszybciej zobaczyć mięso, poczuć je pod palcami i w sercu, wciągnąć jego świeży zapach, który wypełnia pierś, chciał jak najszybciej zacząć jego rozbiór, z czułością i delikatnością oczyścić je, usunąć cienką białą błonkę, która pokrywa czerwień, zaatakować ostrzem noża połać mięsa, przemienić zwierzę w plastry, z namaszczeniem ostrzyć nóż tak długo, by mógł przeciąć włos.

Wreszcie podjechał samochód, wysiedli z niego mężczyźni w roboczych ubraniach pod obszernymi białymi kapturami mnichów. Przenosili towar na plecach, głośno dysząc.

Pim obserwował tę procesję i składanie mięsa. W głowie rzeźnika zaświtał paskudny, przewrotny pomysł – zapragnął rozebrać się i nago wytarzać w mięsie, zanurzyć się w nim jak w falach o spienionych, białych grzbietach albo jak w bujnej trawie. Mógłby zamknąć się w chłodni, wydepilować, przylgnąć do tych ochłapów i ocierać się o nie. Jego suche, ciepłe ciało trochę

145

ogrzałoby zimne mięso, i odwrotnie. Ale istniały wymogi higieny, których nie wolno było łamać, nikt nie mógł narażać mięsa na skażenie z powodu jakiegoś kataru albo opryszczki.

Mieć dobrego rzeźnika to naprawdę ważna sprawa, a im człowiek starszy, tym więcej znaczy w jego życiu ów rzeźnik, o ile oczywiście stać go na kupowanie mięsa. Ludzie liczą na skrawki od rzeźnika, te najlepsze, po które przychodzi się od zaplecza.

Sklep Pima był otwarty już od 7.30, ale niektórzy pukali w żelazne żaluzje jeszcze wcześniej, biedacy cierpieli na bezsenność, a zdarzali się i tacy, którzy przychodzili z wyliczonymi pieniędzmi i nie mogli pozwolić sobie ani na deko więcej, nie było ich stać na troszkę grubszy siekany stek – ich codzienną porcję mięsa. Inni chcieliby obejrzeć całe zwierzę, zanim kupią schabowego, albo żądali, żeby zaprowadzić ich do chłodni i pokazać świadectwa sanitarne. Byli i tacy, których odgłos ostrzenia noża wytrącał z równowagi tak bardzo, że zgrzytali zębami i krzywili się jak z bólu, a ze sklepu wychodzili obrażeni na sprzedawców. Inni chcieli, żeby odłożyć dla nich to, na czym im zależało, jeszcze inni kupowali najlepsze mięso dla kota albo przychodzili wieczorem, tuż przed zamknięciem, po pozostające kości.

Pewna pani co piątek kupowała świeży móżdżek cielęcy. Pim zaopatrywał się w móżdżek wyłącznie dla tej młodej, krępej kobiety o popielatych włosach. Bo dziś nikt już nie kupował podrobów, klienci woleli gotowe potrawy, żeby było szybciej, żeby mieć kłopot z głowy, ale tej osobliwej kobiecie zależało na cotygodniowej porcji móżdżku, szare komórki w sosie pozwalały jej utrzymać formę, rozbudzić zmysły, doskonale liczyć w pamięci. Wierzyła w transfer nerwów. *Jedz móżdżek, a będziesz inteligentniejsza, córeczko. A czy cielę jest cwane? Może grozi mi degeneracja umysłowa? Bo skoro kiedy jem krwiste steki, jego krew łączy się z moją krwią, to jeżeli jem mózg, i on powinien chyba przenikać do mojego mózgu?*

A w mózgu cielęcia zapisane jest całe jego życie, to młode i krótkie życie, jak w czarnej skrzynce. Jest tam to, co zarejestrowała jego siatkówka, są jego lęki i barwy, pory roku, smaki łąki i matczynego mleka. Zjadamy materię zadrukowaną, zakodowaną, jak więc uwierzyć, że w żaden sposób to na nas nie wpływa – nikt już nie je móżdżku – ciekawe dlaczego? Nie spowodowała tego żadna zmienna moda, ale fakt, że wreszcie uświadomiliśmy sobie, jakie to musi mieć skutki, że dokonują się nieodwracalne transfery. Jeść móżdżek cielęcy to stawać się cielęciem, i choćby pokochać smak mleka. W przypadku innych narządów rzecz ma się inaczej, one nie wpływają na duszę. A za dowód niech posłuży mi to, że i my, jak zwierzęta, mamy mózg, wątrobę czy nogi, ale nie mamy krzyżówki czy łojówki i należy wyciągnąć wnioski z tego faktu.

Ma pan niezwykły zawód, panie Pim, wystawia nas pan na kontakt ze zwierzętami, które są jak promieniowanie, nasze ciała się mieszają, czuję wyraźnie, kiedy przełykam steki, czuję w środku drżenie, a potem to się spokojnie rozpuszcza. Wchodzi we mnie dzikie zwierzę, mam enzym, który trawi elastynę. Pamiętam, jak po raz pierwszy jadłam mięso, siedziałam jeszcze wtedy w wysokim krzesełku i wyplułam przeżute mięso ojcu na głowę. Pierwsze mięso, jakie jadłam, uzależniło mnie od zwierząt, zaraziłam się nim jak wirusem – jem i staję się mięsożernym zwierzęciem, łasicą, niedźwiedziem brunatnym, lwem z Kalahari.

Zresztą mięso stało się modne: krawaty z bekonu, materace ze stuprocentowej wełny w kształcie befsztyka, tapety w steki – to powrót do źródeł, wernisaż w chłodni, modelki namiętnie tulące się do szczątków zwierząt, pierwsza dama Francji w Rungis – wszędzie pełno mięcha. Lady Gaga wystąpiła w roli ekscentrycznej rzeźniczki w transmitowanej z Los Angeles ceremonii MTV Music Awards. Piosenkarka pojawiła się na scenie w sukience z surowego mięsa – miała na plecach dwa tysiące dolarów w mięsie i roztaczała specyficzny zapach. Mini z wołowiny miała dekolt odsłaniający naszyjnik z diamentów, stroju dopełniały ażurowe pończochy i fikuśny kapelusik na platynowych włosach – a dokładniej – filet, do tego torebka ze świeżego mięsa i buty na koturnie z krzyżówki. Kostium wywołał skandal. Tylko kobiety są zdolne zrobić coś takiego. Bo kobiety wiedzą, że jesteśmy z mięsa, wiedzą to lepiej niż ktokolwiek.

Kobiety i rzeźnik Pim, który powiesił obok zdjęć krów fotografię Lady Gagi w mięsnej sukni. W kabinach kierowców ciężarówek wiszą fotki nagich kobiet, a piosenkarka ubrana w steki nad kasą w mięsnym...

W każdy wtorek Pim jeździł do Rungis i za każdym razem z wielką radością wsiadał w środku nocy do białej furgonetki, zwłaszcza zimą, kiedy był szron, a powietrze szczypało i smagało twarz. O czwartej rano, kiedy Pim jechał na największe w Europie targowisko świeżej żywności, ciężarówki z ubojni opuszczały już Rungis po dokonaniu rozładunku. O 4.00 kończono jeszcze ćwiartowanie, dzielono ćwierci na mniejsze kawałki, sprzedawano też w detalu całe tusze i pakowano je do przystosowanych samochodów, jak ten peugeot Pima, którego izotermiczny bagażnik mógł pomieścić nawet siedemset kilogramów mięsa.

O 4.30 przy bramkach na autostradzie pod Rungis zaczynały się tworzyć pierwsze korki – samochody czekały w kolejce, i trwało to długo, bo to tu prowadzono kontrolę celną, a wokół jak okiem sięgnąć wznosiło się istne miasto hangarów, pomiędzy którymi w bladym świetle latarni krążyły ciężarówki, gońcy, samochody-chłodnie i wózki. Około dwudziestu barów pracowało przez dwadzieścia cztery godziny na dobę między halami targowymi, a ludzie ściągali tu z Paryża o najdziwniejszych porach, żeby zjeść antrykot, który nie leżał przez tydzień, zanim wylądował na talerzu – krwisty, z masłem szefa kuchni i ręcznie krojonymi frytkami. Ludzie teatru i drobni rzeźnicy siadali ramię w ramię na ławkach, i było jak na czarno-białym filmie, bilard czekał, a karafka wina kosztowała półtora euro.

Pim minął halę licytacji, pawilony kwiatowe i owocowo-warzywne, gdzie na rowerach jeżdżono ciągnącymi się bez końca alejkami. Otaczał je pierścień zimnych hal. Zaparkował przed pawilonem podrobów, obok czarnego porsche, potem poszedł do cuchnącego amoniakiem i uryną pisuaru, wysikał się, płacząc – tego ranka polały się drobniutkie kropelki łez o temperaturze otoczenia – potem ubrał się w fartuch z haftem *Francuskie mięsa* i kask, opłukał ręce przy jednym z kranów na zewnątrz i wszedł do hali podrobów, czyli do piątego działu.

Pim zaopatrywał się wyłącznie u Prodala (pierwsze stoisko na lewo od wejścia). Tu spotykał swoich jedynych znajomych, a w każdym razie jedynych, z którymi teraz się widywał – męski świat przyjaźni nawiązanych w zimnie, w środku nocy, szybko i bezpośrednio, świat ludzi w bieli zbryzganej krwią, opatulonych pod fartuchami w grube polary, życzliwych, wesołych i towarzyskich.

Pim oglądał cielęce i jagnięce grasice, oceniał ich delikatną strukturę i wyobrażał sobie smak i aromat. Sprzedawca podał mu do ręki dwa duże gruczoły wyrwane z gardła młodego bydlątka. Były ścisłe, perłowe o lekko różowym odcieniu, pełne i wilgotne – jednym słowem: doskonałe. Potem Pim ważył w dłoni pokryte siatką niebieskich żyłek jagnięce jądra, sprzedawane w paczkach po trzydzieści sztuk, i wahał się przez chwilę. Były tu także wątroby, piękne i ogromne, jak szkarłatne meduzy. Ociekały, leżąc na stalowej kratce, lśniące jak plastik, gładkie i jędrne, a zarazem miękkie. Można się w nich było przeglądać. Wątróbki cielęce i wątróbki jałówek, różowe albo bordowe, a obok purpurowe jak aksamit nerki, rzucone bezładnie do żółtych plastikowych pojemników, i wiadra pełne wymion pod wiszącymi podrobami baranimi. Wszystko tak świeże, tak sprężyste, że można by pomyśleć, że gdzieś wciąż bije serce, że zwierzę wciąż żyje. Pim najchętniej kupiłby wszystko, miałby to wszystko, przygarnąłby do siebie – te delikatne jak jedwab trzewia zwierząt, te niezliczone niuanse czerwieni, języki wiszące szpalerem na hakach, świńskie policzki, nóżki jagnięce (ale kto dziś je nóżki, które muszą gotować się na małym ogniu przez dobrych osiem godzin, zanim staną się jadalne?). W wiadrze leżał krowi brzuch, czepiec i czwarta komora żołądka. Wyglądało to jak włochata narzuta pikowana gumowymi krążkami. W końcu hangaru wisiały na hakach rozczulająco różowe cielęce łby. W każdym rzędzie było ich po dziesięć, wszystkie miały zmarszczki wokół oczu, a spod półprzymkniętych powiek spoglądały ironicznie ich ciemnoniebieskie źrenice. Głowy były upstrzone czerwonymi kropkami na wysokości powiek i na pysku, a na czole widać było szkarłatną perforację.

O 5.30 Pim opuścił pawilon podrobów i poszedł do hali mięsnej, gdzie miał zwyczaj odwiedzać wszystkie sektory – cielęciny, wołowiny, baraniny. Najpierw jednak udał się do stoisk z wieprzowiną.

Tam ruch trwał już od dawna, bo przed świtem trzeba przygotować sześćset zwierząt. Po dwóch stronach taśmy dziesięciu robotników w równym rytmie dzieliło półtusze: cztery minuty na sztukę – jeden zajmował się nogami, drugi uszami, głową, golonką, a zwierzę przesuwało się, dzielone na kawałki i na końcu taśmy było nierozpoznawalne. Wycie pił elektrycznych. Pim chciał kupić po jak najkorzystniejszej cenie świński zad – dużą połać mięsa uciętą powyżej biodrówki.

Pawilon mięsny był największy ze wszystkich. Wzdłuż liczącej sto osiemdziesiąt metrów alei głównej tusze ciągnęły się jak samochody na ogromnym, zimnym parkingu. Pod sufitem widniały przesuwające się szyny, na których wisiały w kiściach połacie mięsa. Setki ludzi targowały się przy półtuszach wołowych opatrzonych etykietami i półkach wołowych żeberek. A ludzie krążyli po gigantycznej ekspozycji mięsa, przesuwali ciała na szynach, uruchamiając mechaniczne ramiona przy rampie załadunkowej dla ciężarówek. Robotnicy pchali wózki do mniejszych samochodów, przenosili pudła, dźwigali na plecach oprawione zwierzęta.

Pim przemknął slalomem wśród tego spieszącego się tłumu, szybko, ze znawstwem zerkał na tusze, a jego oczy zdradzały wzgardę dla tych sztuk, których kości były za delikatne, tych, które w rzeczywistości były sztucznie pasione i miały imponujące zady, zwierząt o doskonale ukształtowanych mięśniach, ale pozbawionych smaku, dla przemysłowych krów mlecznych, które przez całe życie jak wyrobnice dawały mleko, żeby skończyć w ubojni i dać to, co zostało – strudzone mięso, które nas żywi jako fast-foody, gotowe dania i wyroby z supermarketów. Pim był wymagający, wyrafinowany, uparty – nie chciał słyszeć o tych krowach zarzynanych w wieku dwóch lat, tuczonych przez dwieście dni mączką kukurydzianą i pulpą buraczaną, przeładowanych proteinami, faszerowanych hormonem wzrostu i antybiotykami. Żądał krowy „trawnej", która pasła się na łące, dobrego bydlęcia, które spokojnie dojrzewało, marzył o masywnej krowie, która miała czas się wylegiwać, chciał zielonych pastwisk na wzniesieniach Aubrac, bujnych łąk na wysokości stu metrów nad poziomem morza, wyobrażał sobie, jak w lnianej koszuli i solidnych butach przechadza się po targu, jak kupuje za trzy tysiące euro medalistki, których tusze ważą czterysta pięćdziesiąt kilogramów, przyjaźnie kładąc hodowcy rękę na ramieniu i kończąc transakcję kieliszkiem lokalnej wódki. Wyobrażał sobie, jak idzie kamienistą ścieżką do gospodarza, który sam, jak dawniej, zarżnął krowę i teraz z bólem serca żegna zwierzę, bo to przecież narodziło się na jego oczach i przez tych siedem lat dało mu cztery cielaki.

Pim chciał krowy zadbanej, japonki hodowanej w Hiszpanii, na idyllicznych terenach. Oglądał kiedyś taki reportaż w telewizji. Na ekranie szczęśliwe bydło (o tym szczęściu opowiadał przekonująco głos w tle), bujna szata, okazały zad, błyszczące ślepia zwrócone na kamerę. Krowy spokojnie przeżuwały, pojone czerwonym winem, karmione świeżym ziarnem. Czysta ekologia, produkcja lokalna, z farmy. Wino – litr dziennie na jednotonowe zwierzę, rano, po przebudzeniu (są tacy, którzy piją Actimel, żeby utrzymać pożądaną masę) – dla dobrej formy. Zboże było przesiewane tak starannie, jakby szykowano posiłek dla noworodka albo starca, trzykrotnie płukane, gotowane i tłuczone, żeby zwierzęta lepiej je trawiły. Ściółkę w oborze wymieniano co tydzień, żeby nie unosił się tam przyprawiający o mdłości smród. Krów było tysiąc pięćset, ale do każdej podchodziło się indywidualnie i każdą otaczało troską.

Ale to nie żywność i nie alkohol czyniły ich mięso tak wyśmienitym – to muzyka. Muzyka dawała ich mięsu miękkość, zwłaszcza muzyka klasyczna i raczej Verdi niż Wagner. Toteż krowy jadły rano przy muzyce, pojono je przy muzyce, srały przy muzyce, bo w ich złoconej oborze umieszczono głośniki połączone z nadajnikiem lokalnego DJ-a, rozmiłowanego w klasyce. Dzięki takiemu komfortowi tłuszcz dobrze przenikał do tkanek mięśniowych, a aromatyczne mięso było naprawdę najwyższej jakości. I każdy stek kosztował dwa razy więcej niż przeciętnie.

Kilogram mięsa wołowego nasączonego pinardem i Vivaldim: sześć euro. Kilogram krowy z hodowli przemysłowej: dwa i pół euro.

Dwa i pół euro za dobre, grube zwierzę pasione sterydami i rosnące dwa razy szybciej. Albo dwa i pół euro za brazylijską rogaciznę z rozległych, genetycznie modyfikowanych llanos, gdzie trawa jest odblaskowa i może wykarmić dwa razy więcej bydła (mięso tamtejszych krów łatwo oddzielić od kości, szybko się je ćwiartuje, jest miękkie, bez tłuszczu, ale i bez smaku i sami zobaczycie, że zepsuje cały rynek, wyeliminuje nasze mleczne krowy, bo Brazylia to nie tylko futbol i bikini).

Być może i Pim kiedyś się na nie zdecyduje, tak jak zdecyduje się na kurczaki hodowane przez czterdzieści dni w ciemnościach, niepotrafiące już ustać na łapach. Przekona się też do trzech bretońskich świń na metr kwadratowy kratownicy.

Chyba że mięsożercy zrejterują, a wegetarianie zdominują świat, bo przecież wciąż przybywa tych, którzy na talerzu widzą krowę, a nie piękny, soczysty befsztyk. Widzą krowę, która uporczywie patrzy im w oczy ślepiami pełnymi żalu i cierpienia, i to spojrzenie będzie ich prześladowało do końca życia niczym klątwa. Z talerza pełnego frytek będzie już zawsze wyskakiwała krowa, która karci ich wzrokiem i oskarża. A oni będą się podrywali od stołu, rzucając na kraciasty obrus pięćdziesiąt euro i nie czekając na resztę, będą wybiegali z restauracji. I nigdy więcej nie przestąpią jej progów.

A zatem wegetarianie musieliby wygrać tę bitwę, ale nic na to nie wskazuje, bo ziemia pęka w szwach i chce być najedzona, a ci, którzy nazbyt długo żyli o chlebie i wodzie, mają ochotę – czas na to najwyższy – zjeść parę porządnych befsztyków.

***

I dlatego eksperci się niepokoją, naukowcy eksperymentują, specjaliści alarmują, a rzeźników zaprasza się na konferencje poświęcone przyszłości rzeźnictwa, przyszłości mięsa, świeżego mięsa jutra. *Panie i panowie, drodzy koledzy, trzeba zapobiec głodowi, nie dopuścić do kryzysu, zmieniać i prosperować, francuska krowa z Limousin to już przeszłość!*

Podczas ostatniego seminarium Międzynarodowego Zrzeszenia Rzeźników Pim uczestniczył w warsztatach poświęconych syntetycznemu mięsu z probówki. Mięsu wytwarzanemu przez ludzi w białych fartuchach niezbrukanych krwią. Mówiło się tam również o kotletach z żaby, które wytwarzano dzięki biopsji: trzeba wyhodować mięśnie szkieletowe żaby, pobrać komórki i zrobić steki. Niezbyt przekonany o jakości takiego mięsa *in vitro*, Pim zapisał się potem na kurs poświęcony mięsu owadów – świerszczy laotańskich, chrząszczy z Beninu i holenderskiej szarańczy.

Szarańcza ma nad krową pewną przewagę: nie zajmuje dużo miejsca, nie puszcza bąków, nie wyrzuca z siebie osiemnastokrotności swej wagi w postaci tlenku węgla i nie dziurawi lekkomyślnie powłoki ozonowej. Ale szarańcza wytwarza mięso, które chrzęści między zębami, co niektórym może się wydawać niemiłe. Natomiast benińskie chrząszcze aż tak nie chrzęszczą i występują milionami w pniach drzew – wystarczy wziąć pirogę, zapuścić się w las i użyć maczety. Chrząszcz beniński ma wartość odżywczą befsztyków, a dwa razy większą niż kurczak, ponieważ zawiera czterdzieści procent białka, a mięso kurze tylko dwadzieścia. Będziemy je jedli smażone i choć może w pierwszym odruchu cofniemy widelec, to potem zamkniemy oczy i powściągając mdłości, zaczniemy jeść i przyzwyczaimy się do tego, bo przecież do wszystkiego się przyzwyczajamy – do kiwi w latach siedemdziesiątych, a do euro w roku 2000. Za pięćdziesiąt lat laotańskie hodowle owadów będą żywiły cały świat.

Dokument wyświetlony pod koniec kursu miał rozwiać wszelkie wątpliwości uczestników. Bohater, rzeźnik z Limoges, jechał rozklekotaną terenówką wzdłuż brzegów Mekongu do gospodarstwa niejakiego Yupy Dee, swego dostawcy. Powietrze było ciężkie, niebo jakby pobielane wapnem, rzeźnik raz po raz ocierał pot z czoła. Owadzia ferma Yupy znajdowała się przy końcu długiej drogi, której asfalt wręcz parzył. Gospodarz miał sto betonowych kręgów, w których hodował chrząszcze domowe oraz chrząszcze z gatunku *Rhynchophorus ferrugineus* i trochę mrówek-tkaczek, zwanych też prządkami. Dał rzeźnikowi do spróbowania to, co ostatnio zebrał – smażone lub gotowane, z miseczką ryżu. To solidna porcja wapnia, siedmiokrotnie większa niż w takiej samej ilości wołowiny. Potrawa miała smak karmelu i przypraw – rzeźnik zamówił trzysta kilogramów towaru.

Oto przyszłość rzeźnictwa: owady i ropuchy z grilla, w potrawce albo *à la plancha*. Pim podchodził do tych pomysłów ostrożnie i tymczasem – bo przecież jeszcze można – chciał pozostać poszukiwaczem złota, humanistą mięsa, wykonywać staranną pracę, posługując się surowcem najwyższej jakości.

Mijając półki z mięsami pakowanymi próżniowo, nawet nie zerkał na ten towar w sam raz dla restauracji, drugiego gatunku, ochłapy ze starych krów, porcjowane tak, żeby zachować pozory; mięso oczyszczono już z kości z myślą o sprzedawcach, którzy ani nie umieli, ani nie mieli czasu na dzielenie mięsa. Zanim te zwierzęta skończyły jako gulasz z szalotką w dworcowym barze, przez długie lata dawały surowiec na camembert Président, a ich wymiona były nabrzmiałe mlekiem.

Pima interesowały wyłącznie najlepsze tusze sprzedawane w całości, ponieważ wiedział, że piękne zwierzę nie musi się ukrywać, pokazuje wszystko, co ma.

Rzeźnik mijał kiepskie mięsa pokryte tłuszczem, tusze o niewłaściwej masie, płaskie i chude ćwiartki. Szukał i wreszcie znalazł mięso o właściwych kontrastach zabarwienia – żółtawy tłuszcz pokrywający cienką warstewką różowy mięsień, potem głębia bordo, purpura udźca, a w końcu śliwkowy zad. To zwierzę było pocięte siecią naczyń krwionośnych we wszystkich odcieniach czerwieni, jak marmur rancejski i upstrzone cętkami jak ten z Werony. Muskał czubkiem palca polędwicę ułożoną między żebrami, czuł tę jedwabistą gładkość, ogarniał wzrokiem krągłości szynki, wyraźnie zarysowane żebra, wydatne mięśnie.

Tym, co Pim naprawdę lubił w Rungis, nie był tłum zapracowanych, energicznych ludzi, ale stada wiszących zwierząt. Nigdy nie patrzył tu na zegarek, ale kiedy spacerował alejkami, drażniły go oczy, które taksowały te same tusze co on i w tej samej chwili. Marzył, żeby zostawiono go tu samego, pragnął odrobiny intymności, krótkiego sam na sam z mięsem, zanim przystąpi do negocjowania ceny. Ale w Rungis wszystko było otwarte, wszystko było widoczne, nikt nie mógł się zamknąć z udźcem wołowym, nie mógł w samotności opróżnić głowy cielaka, żeby potem rzucić jego czaszkę w górę, jak rzuca się kapeluszem w przypływie radości.

Pim rozsuwał żeberka, oceniał ich grubość, zanurzał rękę w zwierzęciu, wsuwał ją aż po łokieć i sprawdzał, czy mięsień jest blady. Kończył tę inspekcję wnikliwą lekturą etykiety, klękał, obserwował przez kilka sekund świeżą krew, która ściekała na beton pod tuszą. Czubkiem palca wskazującego zbierał kropelkę, unosił ją do ust, zamykał oczy. Pim laik – ale mięso to religia – modlił się, żeby wszystko ucichło, żeby ta hala, w której huczało jak w pudle rezonansowym, nagle opustoszała: modlił się o chwilę zmiłowania.

Wstał, *biorę cztery jagnięta, starczy mi tego na trzy dni,* a potem zastanawiał się jeszcze przez chwilę, patrząc na wypatroszone prosię, którego skóra żałośnie zwisała na brzuchu.

Przy drzwiach hangaru stały wielkie worki na śmieci, pełne odpadków powstałych przy dzieleniu tusz. Widać było w nich flaki, płaty tłuszczu, obeschnięte i poczerniałe ochłapy. Patrząc na te resztki, Pim przypomniał sobie mężczyznę, który opowiadał mu kiedyś, jak jadł w Kirgistanie barani tłuszcz: ten tłuszcz błyskawicznie schładzał się w ustach, stawał się mdły i bardzo trudny do przeżucia.

Cienie, które wśliznęły się tu bez obowiązujących w Rungis białych fartuchów, te skulone, przemykające ukradkiem postacie w pośpiechu wybierały mięsne odpady, napychały nimi torby podróżne, worki, koszyki i dziurawe kieszenie, żeby sprzedać je potem w którejś z chińskich restauracji. Czasami hurtownik chwytał jednego z tych śmieciarzy za kołnierz kurtki, zdarzało się, że był to dzieciak, więc puszczał go wolno, wymierzywszy przedtem sprawiedliwość, i tylko ciężko wzdychał. To był czarny rynek odpadów i recyklingu, nieszkodliwa kontrabanda, marginalna działalność gospodarcza potężnej machiny hurtowej. Pim wolał na to nie patrzeć, odwracał wzrok.

We wtorki i czwartki, kiedy ze sklepów rzeźniczych odbierane były resztki, kiedy zabierano tłuszcz, łój i kości, żeby zutylizować to poza miastem, Pim nie oddawał wszystkiego. Część zachowywał i wrzucał do zielonej skrzynki przed sklepem. Wiedział, że w ciągu kilku godzin pojawią się bezdomni i zabiorą te ochłapy, żeby przyrządzić je na prowizorycznym ogniu.

Gdybyś się stoczył, Pim, gdybyś naprawdę się stoczył, to czy nadal byłbyś rzeźnikiem i obrabiałbyś takie resztki? Czy kochałbyś mięso aż tak bardzo, żeby szukać go w rynsztokach, potem płukać w bieżącej wodzie i gotować godzinami, aż znów stanie się nieszkodliwe, i przerabiałbyś je na pachnący przyprawami pasztet? Mięso to skarb, skarb zwierząt, o który walczą ludzie. Mogliby zabić dla kawałka mięsa i zresztą zabijali. Ludzie zabijali się dla kawałka mięsa, nie wspominając nawet o tym, że bywali kanibalami.

Była już ósma rano, w pawilonie drobiarskim wciąż trwał handel. Pim krążył między paletami i stosami kartonowych pudeł, patrzył na mięciutkie króliki ze związanymi sznurkiem łapami, na ozdobione wstążkami kurczaki z Bresse, na przepiórki z Wogezów, na nieskubane kury oznaczone różową wstążką, na bażanty i perliczki. Chór głosów kupców i sprzedawców wznosił się pod szyby niczym mgła, to były już ostatnie transakcje, zbliżała się miła chwila odpoczynku przy barze. Pim poszedł na koniec pawilonu, do Świętego Huberta, baru urządzonego w hali. To tam, w tym ciepłym zakątku, wszyscy spotykali się u schyłku nocy, zdejmując kilka warstw wełny i polaru spod fartuchów, odkładali kaski i skupiali się wokół okrągłej stalowej lady. Należała im się chwila relaksu. Brudni, przygarbieni mężczyźni o zniszczonej cerze, czerwonych policzkach, oczach, z których wyziera zmęczenie, nosach pokrytych spękanymi żyłkami, wyzuci z energii, pozwalali sobie na wspólny odpoczynek przy kieliszku – *tylko bez przesady*. Takie skupisko ludzi powodowało, że szyby w oknach zachodziły parą, a tymczasem ten mały światek koncentrował się na podliczaniu zysków, wymieniał się nowinkami, gawędził o nauce dzieci i zdrowiu żon, no i narzekał na restauratorów: *wystarczy spojrzeć, jak kroją krzyżówkę, tną ją jak popadnie, nie zwracają uwagi na włókna, powinno się sprzedawać im tatar. Albo mięso na pieczeń, najlepiej próżniowo pakowane, żeby przerabiali je na carpaccio w tych swoich „rzymskich" bistrach. Cienko pokrojone da się jakoś zjeść, ale rostbef z tego musi być niestrawny.*

Pim nigdy nie chciał jeść mięsa w Bistro Romain, szerokim łukiem omijał kebaby i wszystkie fast-foody z *przetworzonych ścinków mięsa,* jak mawiał. Pim nie doceniał kaloryczności tego pieczonego na ruszcie mięsa, kiedy sięga się po nie nocą, woni cielęcego tłuszczu, indyka mieszającego się z cienkimi plastrami kurczaka.

A tu serwowano sandwiche z kiszką i drinki z likieru porzeczkowego. Każdy płacił za siebie. Pim wypił już pięć kolejek, nie czuł jeszcze zmęczenia, które przychodziło nagle, bo alkohol zapobiegał obniżeniu ciśnienia. Dlatego Pim korzystał z tej półsennej godziny, przedłużał ją, trzymając się nieco na uboczu wśród kolegów, wśród mięsnej braci. Ale obserwował tych ludzi z życzliwością i serdecznością.

Obwoźny handlarz rozwijał na barze swój dywanik, otwierał walizkę na kółkach i rozkładał grające zapalniczki, ścieralne długopisy, świecące breloki i kieszonkowe kalkulatory.

O dziewiątej rano robiło się już całkiem widno – trzeba było znów przejść przez zimne hale, teraz puste albo prawie puste, czując już, jak alkohol pulsuje w skroniach i rozgrzewa nogi. Trzeba było pchać wózek pełen zapakowanych towarów, załadować wszystko do samochodu i wrócić stałą trasą do sklepu z górą mięsa do rozebrania.

Pim zatrzymał się jeszcze w pawilonie kwiatowym, żeby kupić tulipany. Lubił czarne i ciemnobordowe. Miał ulubionego sprzedawcę, wymieniał się z nim – pieczeń wołowa za kilka tuzinów kwiatów. Na Rungis mięso wymieniało się na kwiaty.

Z czasem na skórze rzeźnika pojawiają się czerwone punkty, epiderma zabarwia się na policzkach i upstrzonym nosie, jakby podbiegła krwią, śluzówki i płuca przesiąkają wyziewami mięsa. Przez cały rok Pim wdychał powietrze, w którym unosiły się drobinki surowego mięsa, a one przenikały do jego organizmu jak czerwona nikotyna. Dzień po dniu te przedostające się z każdym oddechem żywe cząsteczki dokarmiały jego własne erytrocyty, więc się wzmacniał i już nie musiał jeść mięsa – oddychał nim, trawił je, a czasem, od tego nadmiaru, miewał krwawienia z nosa.

Przez lata pracy ręce rzeźnika powiększają się i zaokrąglają, a paznokcie, paliczki i żyły znikają w tej obrzmiałej dłoni. Ręce rzeźnika upodabniają się do mięsa, nad którym pracują, aż trudno je odróżnić od błyskawicznie sznurowanych porcji na pieczeń.

Doświadczenie sprawiło, że Pim potrafił z zamkniętymi oczyma rozpoznać każdy kawałek mięsa, z otwartymi zresztą też, po kolorze: ciemnoczerwona polędwica wołowa, karminowe policzki, szkarłatna dolna krzyżowa. Ale pewniejszy był dotyk. Pim macał, gładził, nagniatał, wodził palcami wzdłuż włókien nerwowych, przyciskał palec do mięsa: dolna krzyżowa to długie mięso, sprawa jest prosta. Natomiast z wierzchu żeberka wydają się mięsem zwartym. Antrykot jest delikatny, a polędwiczki z dziczyzny ostro zakończone. Trudniej poznać po ciemku zrazówkę, ale Pim nigdy się nie mylił, wiedział, że są tu dwie części – jedna zaokrąglona, druga płaska, środkiem biegnie nerw. Im drobniejsza tkanka, im gładsza faktura, bez grudek, tym lepszy smak i aromat mięsa. Na przykład krowa z Limousin ma drobnoziarniste mięso i delikatne kości.

Gdyby urządzano z tego konkursy, Pim wygrywałby je wszystkie. Wygrywałby ze ślepymi rzeźnikami. Z opaską na oczach, przed publicznością rozpaloną do czerwoności przez animatorów zwerbowanych w cechu rzeźników. Pierwsze miejsce dziesięć tysięcy euro nagrody, a do tego dyplom na pergaminie ze złotą obwódką.

Pim był człowiekiem niezdolnym do brutalności, człowiekiem, którego nigdy nie trawiła żółć – żółć zwierząt, gorycz wołu – i nie odmieniła tego tragedia rzeźni. Widziane oczami Pima, oczyma rzeźnika, wszystko wydawało się radosne, to odczucie było niemal namacalne i niezmącone, to szczęście spalania się w pracy, radosny płomień; Pim zaczął i nie zamierzał nigdy przestać, chciał umrzeć na scenie, kreślić tor hiperboli, wywołać efekt bumerangu. Powody takiego zapału były niepojęte, łańcuch pobudek i motywacji jest niczym wobec łańcucha czynów, bo to one pozostają, one znaczą naszą drogę, kumulują się, składają na życie i tworzą je.

Pim zawsze był człowiekiem, który stoi z boku, człowiekiem, który nie odgrywa głównej roli swego życia, lecz zajmuje zaledwie drugorzędne miejsce we własnym świecie, chociaż to jego życie. Główna rola przypadła w nim mięsu.

Późne przedpołudnie. Po powrocie z Rungis Pim był w sklepie sam i w ciszy stał przed pieńkiem.

Jego dłonie, płasko ułożone na guzowatym drewnie przypominały dwa sznycle. Mówił do mięsa jak hodowca do zwierząt.

Stał przygarbiony, gładząc dłonią powierzchnię pełną zagłębień w zdeformowanym od uderzeń blacie stołu rozbiorowego. Jego myśli były rozproszone, tańczyły i skakały, rzeźnictwo to najstarszy fach świata, przyszłością jest technologia – zdematerializowana i zrobotyzowana, pojawią się latające samochody, inteligentne roboty, ale rzeźnicy wciąż będą, ich brudne fartuchy, ich krawaty i sznycelki przetrwają.

Przeskakiwał od myśli do myśli, zagubiony w kontemplacji długiej szczeliny, w której tkwiła cała kolekcja jego noży.

Przed nim, rozwieszone i logicznie uporządkowane połacie mięsa czekały na obróbkę – świeże, kauczukowate mięso trzeba poddać procesowi dojrzewania, żeby mięśnie się rozluźniły, żeby ściśnięte tkanki uwolniły się od wspomnienia śmierci, od wspomnienia ubojni. Pim oddzielił piękny, natleniony kawałek w kolorze lekko opalonej czerwieni, głośno wciągnął jego zapach, rozłożył na drewnie, oczyścił za pomocą szerokiego, sprężystego noża z tłuszczu i nerwów, które wylądowały w metalowym wiaderku. Czubek noża raz po raz błyskał. Pim przypatrywał się co twardszym kawałkom i odkładał je na bok, żeby zrobić z nich mielone. Potem zajął się mostkiem, sięgnął po mały, twardy nóż, żeby usunąć kości, prowadził ostrze wzdłuż ich linii, przerywał, za-atakował jagnię na wysokości ostatniego kręgu, potem rozsunął płaty mięsa i zaczął wykrawać kotlety. Kładąc lewą rękę na antrykocie, prawą ciął z grubości, a mięso opadało płatami na de-skę, opadało miękko, zwijało się, zanim głucho plasnęło o drewno. I wreszcie w ruch poszedł ogromy, zużyty nóż rzeźniczy, potem piła, któ-ra przecięła świnię w poprzek, ostrzałka, ostrze zdrapujące, które obracało się wokół kości, wy-gładzało mięso, zanurzało się i wyłaniało jak igła krawcowej, która wciska się i przesuwa pod po-czerniałą wierzchnią warstwą. Rzeźnik jest tance-rzem.

Dwie jagnięce tusze, które czekały skulone na końcu stołu, miały związane tylne nogi. Niektó-rych taki widok razi, wczuwają się w rolę ofiary, narzucają im się pewne skojarzenia, a wtedy staje im przed oczyma natrętna wizja: to oni leżą ze spętanymi nogami na stole, to oni lada chwila mają być poćwiartowani. Odwracają oczy, ale jest już za późno, prawie dziwią się, że ich tam nie ma, że nie leżą na miejscu zwierzęcia – przecież to ja mógłbym znaleźć się na tym stole, te nogi mogłyby być moimi.

Nie trzeba patrzeć na zwierzęta w rzeźni, nie trzeba wchodzić na zaplecze sklepu, bo będzie po was.

Rzeźnik, który płacze – dawno tego nie było. Może to zmęczenie. Dziwnie słone, dziwnie kuliste łzy formowały się w kącikach oczu, toczyły się, kapały na mięso jak maleńkie bomby, które wybuchają w zderzeniu z ciałem. Pim płakał nad rumsztykiem. Czerwone mięso delikatnie pociemniało, pokryło się małymi plamkami, Pim płakał na mięso, szlochał, chwytał kawałek wołowiny, unosił go do ust, lizał – czuł smak krwi i soli. A potem kładł mięso na podpuchniętych, piekących oczach – zimny mięsień przynosił mu ulgę i powstrzymywał te bezsensowne łzy.

I znów po jego głowie tłukły się dziwaczne myśli, mięcho rozpalało mu mózg, najchętniej wsunąłby się zupełnie nago w jeszcze ciepławe zwierzę, wszedłby w skórę innego – *żyj moim życiem*, wtuliłby się w jego wnętrzności, a potem zamknąłby zwierzę – zaszyłby je grubą igłą i żyłką wędkarską, żeby utrzymać wewnątrz ciepło, żeby trwała wymiana termiczna, i to byłby jego kombinezon ratunkowy: Pim na biwaku, w truchle, w schronieniu.

Pim był teraz zwierzęciem, przeniósł się do innego królestwa, opowiadał się za powiązaniem cieplnym organizmów zbliżonych termicznie. To nie znaczy, że muczał i jadł trawę, i wcale nie wyrosły mu wymiona – zamieszkał we wnętrzu zwierzęcia, przestał się od niego różnić, połączył się z nim, funkcjonował w nim lepiej niż Pinokio w brzuchu wieloryba, ale trudno się temu dziwić, skoro rzeźnik spędza więcej czasu z zimnymi zwierzętami niż z ciepłymi ludźmi. Mięso przeobraziło go w czarownika, który tańczy na antrykocie jak inni na rozżarzonych węglach albo nad wulkanem, jak epileptyk w konwulsjach, jak szaman w ekstazie.

Zamknął się w magazynku, wszedł między połacie mięsa, które spały łbami w dół – fantazja barw – przesuwał się między tuszami, które kołysały się jak wisielcy – między wołowymi półtuszami, olbrzymimi udźcami, lasem stalaktytów z mięsa zawieszonego na stalowych trójkątach.

Mięso kruszeje pod wpływem zimna, i to zimno przeniknęło Pima do szpiku kości. Na podłodze żołądki moczyły się w wiadrach, na półkach wątroby drzemały w cieniu grubych wołowych żeberek.

Pim ugiął nogi, przyjmując taką pozycję, jakby szykował się do wymierzenia potężnego ciosu w połacie mięsa – uderzył gołymi rękami tuszę, walił jak opętany, jego pięść ledwie zagłębiała się w zwartej, zimnej masie, zderzała się z obnażonymi żebrami, z wypukłościami i zagłębieniami unerwionego mięsa, ciężkiego jak dziesięć worków treningowych. Poczerwieniał na twarzy, upojony gniewem, jak w transie podskakiwał wokół przeciwnika, szukając jego czułych punktów, ale nie zdołał zadać żadnego skutecznego ciosu – mięso stawiało opór, Pim robił się coraz bardziej czerwony, jego skóra pałała, pokryła się plamami. A on wciąż uderzał, ciężko dysząc; jego ręce krwawiły, krew lała się po obu stronach ringu, ale Pim nie czuł bólu, zimno odebrało mu czucie w palcach. Chwycił sznycel i przyłożył go sobie na ranę, żeby pozbyć się pieczenia i przyspieszyć gojenie, bo wiedział, że mięso wycięte z ciała zwierzęcia jest jeszcze pełne życia i przekazuje to życie. Przypomnijmy o wątróbce wsuniętej w slipy Eddy'ego Merckxa w roku 1973 w Paris-Roubaix. Zetknięcie z twardym i ostrym siodełkiem otarło skórę pośladków kolarza, które pokryły się strupami, krwiakami i skaleczeniami. Jednak Eddy zachował spokój, nie poddał się, pedałował bez wytchnienia, ale jego blada, naznaczona bólem twarz i mocno podkrążone oczy zdradzały, że cierpi. W pierwszym miasteczku, przez które prowadziła trasa wyścigu, znaleziono rzeźnika i dobijano się do zamkniętego sklepu, żeby w końcu kupić dwie piękne wątroby, po jednej na każdy pośladek, a podczas krótkiego postoju kolarzowi ściągnięto spodenki, lekarz ekipy przykleił plastrem mięso, spodenki podciągnięto i Eddy, znów na siodełku, ruszył w dalszą drogę. Kiedy surowe mięso złagodziło ból pośladków, a dotyk miękkiej, wilgotnej wątroby – drugiej skóry, drugiego ciała, regenerował tkanki, Eddy odzyskał nadzieję, odzyskał życie, pedałował po zwycięstwo.

Mięso jest pełne życia, a życie się przekazuje.

Blady, jakby spłynęła z niego cała krew, ale z poczuciem ulgi, Pim zdjął z haka zadnią połówkę wołowiny i przytulił ją do serca jak przyjaciela, którego odnalazł na polu walki, kiedy tylko opadł dym armatnich wystrzałów. Odnalazł jeszcze żywego. Tańczyli – zad i on, i ten taniec był jak zachód słońca. Pim poszedł po radio na baterie, wyszukał muzykę klasyczną, a potem tańczył w najlepsze. Z radia płynęły dźwięki uwertury *Czarodziejskiego fletu*, a oni obracali się wolno wokół własnej osi – on i mięso. Pim dźwigał połówkę wołowiny na ramieniu, jak towarzysza broni, którego trzeba zanieść do szpitala polowego. Mięso przeistoczyło się teraz w trofeum, stało się darem ofiarnym, łupem wojennym. Ten nabity kawał mięsa ciążył mu w ramionach, wkrótce miał być pocięty na mnóstwo kawałków, ale w chłodni jeszcze wciąż był olbrzymi i doskonały. Pim znalazł się w kręgu mięsa, otoczony nim, wchłaniany. Osunął się na posadzkę i na chwilę zasnął ciężkim, twardym snem, z policzkiem opartym o krowi zad: śnił i w tym śnie szedł ku czerwieni, ku morzu i pustyni, po szkarłatnym niebie i łące w ogniu. Wszystko przed jego oczyma było monochromatyczne i oślepiające, z trudem odróżniał dół od góry – wszystko to była nieskończona płaszczyzna czerwieni. I tylko jego przesuwająca się na tym tle sylwetka odcinała się od niej. Ten kolor wszystkim zawładnął, a on szedł, nurzał się w czerwieni, pozostawiając wspaniały ślad, poruszając się susami ociężałego anioła; wszystkie inne kolory zniknęły, ale ten był tak intensywny, tak lśniący, że upajał i elektryzował.

Przejmujące zimno chłodni i strach, że tu umrze na równie gwałtowną, jak idiotyczną hipotermię, wyrwały Pima ze snu. Otworzył oczy, półprzytomnie rozejrzał się wokół siebie, bliski paniki. Ciężko dyszał, piekła go skóra, zmaltretowana intensywnością bodźców, a wokół widział ciała zwierząt powywracane niczym rękawiczki na drugą stronę.

Zwierzęta to szczęściarze: mają prawo do życia wewnętrznego, a Pim bardzo chętnie zajrzałby także do własnego wnętrza, byłby gotów obedrzeć się ze skóry, spokojnie zdejmować warstwę po warstwie, żeby zgłębić tajemnicę, tajemnicę Pima – a co powiedziałyby nam jego wnętrzności? Haruspik przybyłby, aby czytać z nich jego rozwichrzone myśli i gorące pragnienia jak z otwartej księgi. Czemu mamy się zadowalać tą cielesną powłoką, Pim, masz serce? Brzuch? Flaki? Tomografia komputerowa, rezonans magnetyczny dają zamazany, niewyraźny, czarno-biały obraz.

A więc postanowione – Pim odda ciało nauce, zostanie poćwiartowany, odsłonięty. Zgłosi się po kartę dawcy narządów, podpisze dokumenty, wskaże zaufaną osobę, która wypełni ów testament na rzecz medycyny. Tak, Pim odurzony barwami i zagubiony podjął decyzję – oddam siebie, bo to jest moje ciało.

Rzeźnicy mają nad nami przewagę, ponieważ nie boją się krwi, nie przeraża ich fakt, że za słowem „ciało" kryje się mięso, o którym nie chcemy myśleć.

Spróbujmy choć przez chwilę – zamknijmy oczy, wysilmy się, wyobraźmy sobie, że jesteśmy już tylko kupką mięsa, bezkształtną, krwistą masą pod doskonałą osłoną skóry, rysów twarzy. Dokonajmy tego tragicznego odkrycia istoty rzeczy, poznajmy ukryte oblicze, czyli prawdę – ostateczną i niepowtarzalną, spójrzmy na reszkę, a nie na orła. Jak wyglądam wewnątrz, po drugiej stronie ust, oczu, policzków, kiedy się uśmiecham albo kiedy płaczę? Czy moje ciało wysklepia się jak ziemia, która drży, unoszona ruchami płyt tektonicznych?

W chłodni nie było już żywego ducha, pozostał tylko Pim, który wyobrażał sobie siebie tak bezkształtnego, jak te kawałki krów. Ten Pim nie czuł strachu, ale to nie dotyczy nas, którzy wiemy, że gdyby nasze tkanki zostały obnażone, cier-

pielibyśmy, szlochalibyśmy, błagalibyśmy o pomoc mamę i pogotowie ratunkowe, bo chociaż
nie przeszkadza nam, że jesteśmy z mięsa, to nie
chcemy, żeby o tym wiedziano.

Pim chciał dowiedzieć się wszystkiego o mięsie – i o tym zwierzęcym, i o naszym, więc zamówił przez Internet wszelkiego rodzaju książki i podręczniki, które czytał, zapełniając bezsenne noce: prace doktorskie o ewolucji w rzeźniach i ubojniach, książki kucharskie, kryminały o rzeźnikach-zabójcach, opowieści o polowaniach na bizony, prace antropologiczne o sposobach przygotowania mięsa, ilustrowaną encyklopedię hodowli bydła rogatego, socjologię rzemiosła rzeźniczego w Charolais, historię wojen religijnych, podczas których wygłodzeni paryżanie żywili się chlebem wypiekanym z ludzkich kości (z katakumb wydobywano zwłoki, kości mielono prymitywnymi metodami i przerabiano na mączkę).

Warto też wspomnieć o pamiętniku Nieńca, hodowcy reniferów z Jamału. Co dwa tygodnie Nieńcy zabijali renifera, a potem spożywali jego surowe mięso, siedząc w kręgu, w syberyjskiej tundrze, gdzie wszystko pokryte jest lodem. Dzieciaki piły ciepłą krew z emaliowanych kubeczków, nad którymi unosiła się para, i ogryzały resztki mięsa z żuchwy zwierzęcia, rodzice odzierali rena ze skóry, by szyć z niej palta, buty i namioty. Pim chciałby przyłączyć się do czterech tysięcy tych Samojedów przemierzających tereny między Morzem Białym a Jenisejem, chętnie poznałby tę nieprzyjazną krainę pod kręgiem polarnym, gdzie mięso reniferów sprzedaje się na targu po pięć rubli za kilogram i gdzie to różowe ciało nie musi być przechowywane w lodówce, bo syberyjski wiatr doskonale je mrozi – wiatr, który wyje, smagając ziemię i podrywając tumany śniegu. Pim chciałby otulić się skórą renifera w kolorach stepu.

Pim czytał tak, jak dzielił mięso – starannie i z zapałem. Był człowiekiem prostym i rozsądnym, poświęcał się bez reszty temu, co robił, skupiał się na każdym zadaniu – porcjowaniu mięsa albo lekturze – Pim identyfikował się z tym, co robił.

Tej nocy czytał opasły tom dziejów kanibalizmu i wyobrażał sobie, że jest Indianinem Tupinamba, wodzem amazońskiego plemienia, ludu o długich, lśniących jak czarne diamenty włosach. Pim był jak dziecko, jak podróżnik i marzyciel, lektura pochłaniała go bez reszty.

Był więc wojownikiem Tupinamba, żył sobie nagi i wolny na brazylijskiej ziemi u ujścia Amazonki, we włosach nosił turkusowe pióra, a tors zdobił, malując na nim arabeski. Jego życie płynęło spokojnie, poddane niezmiennemu rytmowi – Indianie uprawiali maniok i słodkie pataty, wstawali wraz ze słońcem, kiedy panował jeszcze miły chłód, drążyli w drewnie kanoe, żeby wypływać nimi na połów, wyrabiali gliniane naczynia, tkali wspaniałe szaty.

Ale w końcu i na ten skrawek ziemi dotarli biali osadnicy – okrutni, aroganccy, niosący śmierć – i Tupinambowie znaleźli się w sytuacji bez wyboru – musieli zjeść intruzów: toczyć wojnę to zjadać ciała wrogów, zjadać znaczy tyle, co szanować. Zabitego nie zostawia się, żeby gnił, nie rzuca się go na pastwę dzikich zwierząt, które rozszarpałyby go bez poszanowania, bez zachowania rytuału; zjada się go, i jest to zemsta upamiętniająca zło, które nam wyrządził. Pim stał się wielkim drapieżcą, jaguarem Tupinamba, który pożera ciało wroga, gdy inni połykają ciało Chrystusa. Jego przeciwnik to mięso zwierzyny łownej, które prymitywnie gotuje – godzinami, aż stanie się twarde, aż się zwęgli. Wówczas tańczy wokół oczyszczającego ognia, który zmywa urazy i odstrasza wrogie dusze. Biały człowiek znika pożarty i biały człowiek będzie wdzięczny, że nie oddano go ziemi na żer robactwu.

Pim był boskim jaguarem o magicznej mocy: zjadał również ukochanych zmarłych, wchłaniał ich zalety i drogą mu pamięć o nich, nie pozwalał, by te ciała zniknęły bez śladu, celebrował żałobę. Zwłoki Tupinambów i ich grobowce, pamięć więzi, które ich łączyły, wieczne wspomnienie o nich, ich ciała – wszystko to trwa w ciele, które – ugotowane na wolnym ogniu, przyprawione – jest miękkie i aromatyczne. Szczątki zmarłych są gotowane z kukurydzą, kości są tłuczone na mączkę, a tę miesza się z purée z bananów. Plemię jednoczy się przy ognisku, śpiewa, modli się, medytuje i je na tej uczcie zmarłych.

Najmłodsi z odrazą podporządkowują się uświęconej tradycji i narzuconemu im przez rodziców obowiązkowi i czasem wymiotują, zwracając zbyt zmumifikowany kawałek albo przeciwnie – zbyt świeży, a starcy patrzą na nich karcąco. Potem wstręt znika, a jego miejsce zajmuje zadowolenie z wypełnienia obowiązku, radość płynąca z godnego uczczenia zmarłych. Uczą się przełykać braci i przyjaciół, choć nawet po przyprawieniu nie jest to łatwe.

Wszystko, co przełykamy, powinno czynić nas lepszymi, dodawać nam sił. Wszystko, co połykamy, tworzy nas i przemienia, wszyscy jesteśmy zasymilowanymi zmarłymi, jesteśmy przemieszani, wewnątrz każdego z nas jest wielu ludzi. Kiedy żyłeś, ojcze, kochałem twoją twarz, byłeś twarzą, na którą patrzyłem, do której mówiłem. Kiedy zmarłeś, kocham twe ciało, ojcze, jesteś ciałem, które jem i wchłaniam, i to właśnie teraz nas łączy.

Pim zasnął, snując te fantastyczne wizje o kanibalizmie. Teraz opuścił już Amazonię, by udać się do Nowej Gwinei, żyć wśród Papuasów, którzy w glinianych piecach pieką dzikie świnie.

Las był tu gęsty i ciemnozielony, poranne mgły snuły się między pniami drzew, głos niósł się daleko i powracał echem, a bosonogi Pim z trudem posuwał się wąską ścieżką wiodącą do wioski. Dziś święto świń, wszyscy szykowali się na tę wyjątkową, wspaniałą ucztę, zebrały się całe rodziny, wszyscy przynosili to, co mieli – płody z ogrodów i zwierzęta.

Każda rodzina trzymała świnię, którą przygarnęła – zwierzę, pieszczone, hodowane, karmione, stawało się członkiem wspólnoty, ale nadchodził dzień, kiedy trzeba było się go pozbyć. Dzikie świnie, dorastając, robią się agresywne i niebezpieczne, więc trzeba je zabijać, choć często leją się łzy, gdy przychodzi czas, by je zjeść. Jeszcze ten ostatni raz można je przytulić, długo głaskać, troskliwie iskać.

Jeden z mężczyzn sięgnął po łuk, napiął go i strzała wbiła się w bok świni, która przeraźliwie kwicząc, wykrwawiała się i bezradnie miotała, przywiązana za tylną nogę do pieńka. Pim odwrócił oczy, narażając się na obelgi. Inni zmusili go, żeby patrzył, żeby patrzył świni w oczy, bo oczy to siedlisko duszy, a ta dusza wkrótce miała zagasnąć. Stanie się to, gdy zwierzę ostatecznie zamknie oczy, więc ludzie otoczyli kręgiem konającą ofiarę i pilnie obserwowali gasnące ślepia – czekali, aż uleci dusza.

Potem zwierzę ćwiartowano i wieś dzieliła się mięsem, każdy zjadał świnię innego – tej swojej nie wolno było wziąć do ust! Ludzie wymieniali znakomitą porcję płuc na tłusty boczek, jedli w pośpiechu, żarłocznie, ale nie bez umiaru. Mięso zostało upieczone w liściach bananowca, które nadały mu specyficzny, cytrynowy i słodki smak. Pim miał wrażenie, że na ustach pozostała mu warstewka aromatycznego tłuszczu. Wszyscy jedli, śpiewali i tańczyli aż po zawrót głowy, dopóki nie spłoszyły ich chłód i noc, które przychodzą tu nagle, i już tylko szkielet świni jaśniał w ciemnościach, a Pim zapadł w drzemkę, ukołysany śmiechami i rozmowami Papuasów, którzy rozchodzili się i głośno żegnali z kompanami. Ale już wkrótce te głosy umilkły.

Pim poświęcił życie rzeźnictwu i teraz ludzie ściągali z daleka, żeby kupować u niego mięso. Mimo takiego sukcesu Pim pozostał człowiekiem skromnym, wciąż pracował w skupieniu, a jego charakter się nie zmieniał, jakby życie prześlizgiwało się po nim, nie zostawiając śladów, nie rzucając cienia, płynęło bez wstrząsów, bez incydentów i wydarzeń szczególnie zasługujących na uwagę. Jego egzystencja była zarazem niezwykle monotonna, gładka jak morze oliwy bez błysków, i pełna furii. Mięso było wszystkim, całym jego życiem, chociaż czasem pojawiały się dziewczęta – niczym przelotne zmysłowe rozbłyski, dziewczęta, które rzucały się na tego łagodnego chłopaka jak wygłodzony gaucho na antrykot z wołu. Rzucały się na jego chude ciało, na nieproporcjonalnie duże i spokojne dłonie, które pieściły je godzinami – to takie niezwykłe i zmysłowe. Były wśród nich jego stałe klientki, pani weterynarz z Rungis, rozwódka poznana przez Internet. Nigdy nie rozmawiał z nimi o mięsie, nie chciał ich zanudzać, słuchał, jak opowiadały o swoich dniach, całował je, gotował w ich kuchniach cielęcinę albo wołowinę, a potem szli do łóżka i nie rozmawiali. Pim nie miał ochoty wybierać jednej z nich, rezygnując ze wszystkich innych, nie chciał stabilizacji z jedną jedyną, na przykład taką, która lubiłaby polędwiczki, ale nie łopatkę, kurczaka z Bress, ale nie policzki wołowe. Jedna jedyna ograniczyłaby wachlarz przyjemności i możliwości. Ale prawda była taka, że decydując się poślubić jedną z nich, Pim narażałby się na ryzyko, że zostanie porzucony, ponieważ kobiety zawsze odchodzą od rzeźników, rzeźnicy są albo rozwodnikami, albo kawalerami. Z jednej strony – nadmiar pracy, z drugiej – za dużo samotności, więc kobiety tracą cierpliwość, zwijają manatki i odchodzą, znużone tak niewdzięczną pozycją. Pim czuł, że nie potrafiłby zatrzymać przy sobie kobiety. Słodycz tych wieczorów to u jednej, to u drugiej, przy piekarniku albo rondlu, była wspólna i świadoma, łagodna radość wystarczała obu stronom, a kobiety niczego nie wymagały, nie oczekiwały od niego więcej, niż chciał dać, to były nowoczesne dziewczyny wolne od manii wielkości i kochające dobre jedzenie.

Umiały przystosować się do miłosnych dziwactw Pima, który zdawał się czerpać więcej przyjemności z przyrządzania królika w sosie musztardowym – którego przecież szykował z myślą o nich – niż z seksu. Przyzwyczajały się też, że ani mu w głowie igraszki miłosne, dopóki nie usmaży kotleta albo nie upiecze perliczki.

Zdarzały się takie, które usiłowały zmienić program wieczoru, rzucając się na niego już w progu, wyrywając mu z rąk piękny pakunek przewiązany dopasowaną do koloru papieru satynową wstążką, a potem bezpardonowo ciągnąc go do łóżka i gorączkowo rozbierając wśród nieustannych pocałunków, co czasem bywa ryzykowną gimnastyką – a w końcu skacząc na niego.

Ale na tym się kończyło – rzeźnik pozostawał zimny jak lód, czar pryskał. I po chwili odzyskiwał energię, przyrządzając krzyżówkę z szalotką, i znów był rozkochany w ciele.

***

Pewnego wieczoru Pim pocieszał kobietę, która rozszlochała się nagle na widok entej pieczeni przyniesionej jako trofeum przez rzeźnika pań. Ta kobieta, jego kochanka, nie mogła już patrzeć na mięso nawet na obrazku, mięso przytłaczało ją i wprawiało w kompleksy, bo widziała w nim tylko pełną pychy prezentację ciała tryskającego zdrowiem, eksplozję życia, i zdawała sobie sprawę, że jeśli to mięso nie jest doskonałe, rzuca się je bezpańskim psom. *A ja czuję się stara, czuję, że zaczynam być niestrawna.*

I właśnie to jest okrucieństwem, niesprawiedliwością, rażącą nierównością ciał; i właśnie tak postrzegamy śmierć. Nie można bezkarnie zakochać się w rzeźniku, który podsuwa nam pod nos piękne i bezczelne kawały mięsa.

Starzała się. Początkowo było to niezauważalne, dzień za dniem dokonywały się malutkie wewnętrzne dewastacje, niewyczuwalne zjawiska sejsmiczne, które ledwie wstrząsają ciałem od środka – leciutkie drżenie skóry, jakaś zmarszczka, jakiś skrawek ciała, który traci jędrność, aż wreszcie przychodzi dzień, gdy wyraźnie widać zaczynający się schyłek, gdy rodzi się niepokój, a potem silny lęk, który gasi dobry humor i pożądanie. Odtąd kobieta tropi wszelkie widoczne przemiany swego ciała – brzuch, który wydyma się, a potem robi się obwisły, traci sprężystość, sylwetkę, która się przygarbiła. Ta, którą widzi w lustrze, nie wydaje się jej już apetyczna, chociaż Pim chętnie by ją pożarł żywcem, bo sam czuje się silny jak stek. I cóż z tego, że Pim pragnie uspokoić jej obawy, *jesteś piękna, jesteś żywiołowa, jesteś cudowna* – kobieta nie daje się zwieść miłym słówkom dobrego Pima ani szczerości kochanka, bo wie, co znaczy kochać, wie, że kochać to łagodzić rzeczywistość. *Tak czy siak, każde mięso musi dojrzeć, dopiero wtedy nabiera smaku* – te słowa wywołały wreszcie śmiech przez łzy.

Pim wciąż doskonalił swą sztukę, żeby stać się najlepszym rzeźnikiem świata. Dni były długie, monotonne i wyczerpujące, a tych kilka godzin przeznaczonych na odpoczynek w mieszkanku nad sklepem także wypełniały rzeźnicze wizje. Mężczyzna wszystkie myśli skupiał wyłącznie na tym i cały jego potencjał umysłowy pochłaniała ta obsesja.

Co jeszcze mógłbym zrobić dla mięsa, dla wielkości rzeźnictwa? Próbując zasnąć na wąskim materacu, który leżał na podłodze, Pim liczył szaleńcze hipotezy, jak inni liczą barany.

Pomysł numer 1: zrobić sobie transfuzję czystej wołowej krwi, przeszczepić sobie świńską wątrobę. Ambitny rzeźnik gotów jest podjąć taką próbę. Sprawdzał w Internecie, czy któraś z kalifornijskich klinik ma to w ofercie, czy może szuka ochotników.

W Internecie znalazł coś znacznie gorszego: pewien mężczyzna oferował swoje ciało na bankiet. Zabijcie mnie, poćwiartujcie mnie i jedzcie moje ciało, pijąc za moje zdrowie (będę przepyszny z châteauneuf-du-pape 98).

Ale dlaczegóż by nie przeszczepić sobie pięknego krowiego pyska, który lśni jak lakierowany? A może amputować sobie stopy, a na ich miejsce przyszyć świńskie racice, które cudownie wsuną się w parę kapci w kształcie źrebięcych kopyt?

Pomysł numer 2: wystawić sztukę cielęco-krowio-świńsko-drobiową. Świnie chodzące po linie, charolaiski-akrobatki, poskramianie perliczek, jagnię z czerwonym nochalem klauna i cielak plujący ogniem. Pim jako Rzeźnik z Naszej Ulicy w garniturze w pepitkę i białym fartuchu, a dla publiczności szaszłyki podczas antraktu.

Pomysł 3: zatrudnić się w cyrku objazdowym. Pim byłby rzeźnikiem-żonglerem, żonglowałby nożami albo może by je połykał. Używałby wszystkiego: noży do filetowania, krojenia, skrobania, trybowania, usuwania nerwów, formowania, usuwania błon i tłuszczu. I – gwóźdź programu – numer z tasakiem, który kończyłby lot, wbijając się w żeberka wołowe ułożone na głowie młodej asystentki przywiązanej do drewnianej ścianki.

Pomysł numer 4: na nowo otworzyć ubojnie miejskie, powrócić do czasów, kiedy zwierzęta i ludzie żyli blisko siebie, ręka w łapę i kopyto, i kiedy każdy rzeźnik prowadził ubój przy sklepie, kiedy krew lśniła na brukowanych, błotnistych uliczkach, zastygała pod nogami przechodniów, kiedy system ścieków był prymitywny, odpady zalegały przed drzwiami sklepów, a woń rozkładającego się mięsa cudownie przesączała powietrze (aż chciało się przekląć Napoleona, który w roku 1810 postanowił oczyścić miasto i założyć pięć ubojni poza Paryżem). Ruszyć znów do boju z toporem w ręku, zadać dotkliwy cios cieniom potężnych dębów rosnących nad czystymi strumykami i patrzeć, jak krew zanieczyszcza wodę dla miasta.

A wszystko dlatego, że Pim chciał zapisać się w dziejach rzeźnictwa, pragnął, by jego nazwisko pozostało w nich na wieki, i wiedział, że aby to osiągnąć, trzeba dokonać rzeczy niezwykłych, trzeba na to zasłużyć, dać z siebie wszystko, wypełnić swą misję, stworzyć wielkie dzieło. Tymczasem Pim czuł niekiedy gorycz niespełnienia.

Dla mięsa można jeszcze coś zrobić, coś naprawdę wielkiego.

Był w nim zapał i oddanie, była nadzieja na sukces – chciał osiągnąć najwyższy punkt, punkcik maleńki jak łebek od szpilki, a świetlisty jak gwiazda.

Teraz myślał o tym co noc, myślał tak intensywnie, że aż dudniło mu w skroniach, ale pewnego ranka obudził się i już wiedział. Szukamy, analizujemy, doskonalimy się i w końcu, po długim, powolnym dojrzewaniu, nasze plany i myśli wyłaniają się jasne i pewne.

I Pim miał już plan.

Część III

Pim postanowił wyzwolić rzeźnictwo, stoczyć ostateczną bitwę, zmierzyć się z mięsem.

Za jego sprawą rzeźnictwo osiągnąć miało najwyższy poziom, on wiedział, jak tego dokonać, wiedział, czego dotąd brakowało, wybiła godzina świetności, godzina olśnienia i prawdy objawionej.

Pim przypomniał sobie praktyki odbyte u hodowcy z regionu Caux, przypomniał sobie o krowie imieniem Falbanka, o wszystkich tych silnych zwierzętach z obory. Nigdy nie odwiedzał tego miejsca, nie kontaktował się z gospodarzem.

Pamiętał jeszcze wąską drogę, która prowadziła z dworca w Bréauté-Beuzeville na fermę.

Dochodziła dziesiąta wieczorem, kiedy wsiadł do furgonetki i wkrótce zjechał przy Saint-Cloud na autostradę A13. Jechał, minął most w Tancarville i wciąż jechał – przez Saint-Eustache-la--Fôret, Beuzeville-la-Grenier, jechał, aż kilka minut po północy dotarł do celu i zaparkował przy drodze. Poznał to miejsce, chyba zresztą nic tu się nie zmieniło, obora wciąż stała, hodowca prawdopodobnie nie żył, a Falbanka dawno zmieniła się w steki.

Pim przeskoczył przez ogrodzenie i jak kot zakradał się w ciemnościach. W żadnym oknie nie paliło się światło, nie rozległo się szczekanie zdradzające obecność psa, indyki spały kamiennym snem, wszędzie panowała głęboka cisza, którą zakłócał tylko szelest liści poruszanych lekkim powiewem wiatru. Pim niczego się nie obawiał, nawet nie przeszło mu przez myśl, że gospodarz mógłby wyskoczyć ze strzelbą w garści, zaniepokojony dziwnymi odgłosami. Świat wokół pogrążony był we śnie.

Przygarbiony, ostrożny, doszedł do obory. Wrota ledwie zaskrzypiały, gdy się do niej wślizgiwał, zresztą poruszał się tu tak pewnie, jakby było widno, bo jego ciało zachowało wspomnienie rozkładu budynku i jego nocną scenografię.

Reagując na jego obecność, kilka krów zaczęło nerwowo uderzać kopytami o ziemię. Mężczyzna szedł sprężystym krokiem w stronę stanowiska dawniej zajmowanego przez Falbankę, w głębi. Teraz należało ono do krowy, która spała na ściółce, głośno oddychając. Pim ostrożnie przykucnął i zaczął szeptać jej coś do ucha, a jego usta ocierały się o jedwabistą skórę: *wiele ci zawdzięczam, krowo, więc postanowiłem uwolnić cię dziś wieczorem*. Wstał i zaczął niemal krzyczeć, zwracając się do obojętnego tłumu: *uwolnię was wszystkie. Ale uwaga, nie idziemy razem, każdy rusza w swoją stronę, każdy radzi sobie sam, zaczyna się polowanie!*

Krowa – może córka Falbanki, Falbanka II albo Falbanka młodsza – wciąż leżała, nie poruszając się, i tylko uniosła powiekę, spoglądając zaspanym okiem na ziemię. Pim położył się przy niej na słomie. Przytulony do boku zwierzęcia, czekał, odliczał czas, który mu pozostał, wyciągnął z kieszeni piersiówkę z alkoholem, armaniakiem, który drażni podniebienie. Odkręcił butelkę, zbliżył ją do nozdrzy zwierzęcia, jakby podsuwał flakonik soli trzeźwiących pod nos damy kameliowej, i zauważył leciutkie drżenie. Sam wychylił potężny łyk armaniaku, uderzył językiem o podniebienie, otrząsnął się i poczuł, jak ognista kula błyskawicznie przelatuje przez jego przełyk i opada aż do żołądka. Zabrał się do opróżniania butelki, ale już małymi łykami, wciąż przytulony do krowy, do tej siłaczki o przyjaznych kształtach. Ciepło zwierzęcia i ciepło alkoholu mieszały się i potęgowały w ciele Pima, wprowadzając go w stan brutalnego, pijackiego odrętwienia. Wypił wszystko do ostatniej kropli, paliło go w brzuchu, usta miał suche i chropowate, oczy zalane żółcią. Ogarnęła go wściekłość.

Kiedy duży zegar ścienny w oborze wskazał czwartą, Pim zerwał się na równe nogi, poczuł przeszywający ból w skroniach, ale przezwyciężył go i pobiegł na drugi koniec budynku, żeby otworzyć drzwi, a potem zaczął kolejno budzić wszystkie krowy i okładając je po zadach, pchał do wyjścia. Opierały się, wystraszone tak niezwykłym traktowaniem. Na fermie nadal panowała głęboka cisza. Pim zmusił krowy, żeby poszły alejką do drogi. Jakimś cudem ustawiły się gęsiego i podążały już za głosem rzeźnika, który otworzył bramę, wypuścił je i zostawił, zbite w stado i zdezorientowane, na środku drogi.

Nieruchome skupisko krów, które nie rozumieją, że są wolne, że ktoś kazał im być wolnymi, wrócić na łono natury i żyć dziko, ta zwarta grupa bydląt na próżno szukała w słabym świetle gwiazd trawy, która nie rośnie przecież na asfalcie, i czekała, by ręka hodowcy dotknęła ich wymion. Ale nie było ani dojenia, ani łąki, tylko ta długa, niknąca za horyzontem wstęga – czarna i twarda pod kopytami, i przerażająca pustka nocy. Krowy nie ruszyły się, tuląc się do siebie zdezorientowane, i czekały, czekały na rozsądne polecenia, czekały, aż wróci normalność, jednak Pim zaczął się złościć i na ślepo rozdzielać razy kijem: *wynoście się krowy, jesteście wolne, no, ruszajcie się, idźcie!* Krzyczał, ile tchu w płucach, przez kilka dobrych minut wymachiwał rękami, zanim pierwsza krowa otrząsnęła się i ruszyła. Odłączyła się od stada i poszła wolno w stronę wioski. Pim patrzył, jak się oddala, jak równym krokiem schodzi na prawe pobocze, nie oglądając się za siebie, i wkrótce znika za zakrętem, gdzie po raz ostatni widać, jak niezgrabnie kołysze się jej wielki zad. Naśladując ją, druga krowa przeszła kilka kroków, a potem puściła się galopem, jakby poraził ją prąd. Może goniła tę pierwszą, może miała nadzieję, że zrówna się z nią za zakrętem. Stopniowo, nieustannie zachęcane przez Pima, zwierzęta ruszały, jedno za drugim. Teraz zajmowały już środek drogi, szły wzdłuż białej linii i wszystkie kierowały się do wsi, zupełnie bezsensownie, śladem tej pierwszej odważnej, ale i najbardziej nierozważnej. Setka krów zniknęła na horyzoncie w długiej procesji, ich chód był ciężki i niepewny, ale żadna nie zawróciła ani nawet nie zwolniła.

Bez emocji patrzył, jak się oddalają, O tak wczesnej porze droga była pusta, więc żaden samochód nie zakłócał ich marszu, ich wypadu, ich ucieczki, ich podróży, jakkolwiek to nazwać. Ale co czeka wolne krowy, zwierzęta stworzone do hodowli? Wypuszczone w sercu Normandii, zdane wyłącznie na siebie, najprawdopodobniej nie przeżyją, nie przystosują się do okrucieństwa praw natury. Krowy się do tego nie nadają, nie nauczyły się samodzielnie zdobywać pokarmu, lizać ran, aby je wygoić, dbać o wymiona, które szybko zrobią się obrzmiałe i zaczerwienione, cielić się bez pomocy weterynarza, bez tej wprawnej ręki, która w gumowej rękawicy wsunie się dość głęboko, żeby chwycić nogę źle ułożonego maleństwa, nie nauczyły się bronić przed kunami, przed wygłodniałymi wilkami, drapieżnymi ptakami, podstępnymi lisami, bezdomnymi psami i Pimem rzeźnikiem. Padną łupem pierwszego dzikiego drapieżnika, chyba że wcześniej pożrą się między sobą. A wtedy przylecą sępy, żeby rozerwać je na strzępy, bo rzadko trafia się aż tak łatwa zdobycz. Odtąd, z woli Pima, Normandia stała się dżunglą, sawanną, dzikim i bezlitosnym lasem, którym nie rządzą żadne prawa poza tym jednym – prawem silniejszego. Rzeźnik ogłosił powrót do stanu natury, zlikwidował hodowlę, ludzie i zwierzęta znaleźli się – zagubieni, zdani na siebie – na łonie przyrody. Pim był teraz pierwszym człowiekiem pośród traw, drzew i zarośli, pośród miliardów najrozmaitszych zwierząt.

Pim chciał powrotu do prostych czasów kontaktu oko w oko, kiedy człowiek dobrze znał zwierzę, które zamierzał zjeść. Znał je, ponieważ je upolował, oprawił i poćwiartował, a potem ugotował albo upiekł. Zdarzało się też, że miał dość czasu, żeby je obserwować i podziwiać, godzinami tropiąc je, zanim w końcu padło jego łupem. Czasami nawet oczy zwierzęcia i człowieka spotykały się, gdy myśliwy naciągał łuk. I właśnie do tych pierwotnych czasów chciałby powrócić Pim.

Był rzeźnikiem, który przetrwał na arce Noego, rzeźnikiem czasów popotopowych, tym, który zszedł na stały ląd wraz z ocalonymi zwierzętami, był rzeźnikiem pierwotnym, tym, który poluje na kozła.

Bóg rzekł do Noego: *Spośród wszystkich istot żyjących wprowadź do arki po parze, samca i samicę, aby ocalały wraz z tobą od zagłady. Z każdego gatunku ptactwa, bydła i zwierząt pełzających po ziemi po parze; niechaj wejdą do ciebie, aby nie wyginęły. A ty nabierz sobie wszelkiej żywności [...], aby była na pokarm dla ciebie i na paszę dla zwierząt**.

Potem nadszedł potop, a gdy deszcz ustał, Noe odczekał, aż ziemia się osuszy, i wyszedł z barki wraz z żoną, dziećmi oraz Pimem, który zakradł się na pokład i ukrył w ładowni.

A wtedy Bóg rzekł do Noego: *Wszelkie zaś zwierzę na ziemi i wszelkie ptactwo powietrzne niechaj się was boi i lęka. Wszystko, co się porusza na ziemi i wszystkie ryby morskie zostały oddane wam we władanie. Wszystko, co się porusza i żyje, jest przeznaczone dla was na pokarm, tak jak rośliny zielone, daję wam wszystko***.

*   KRdz. 6, 19-21 (cytaty zaczerpnięto z Biblii Tysiąclecia).
** KRdz. 9, 2-3.

Tak oto ludzkość stała się mięsożerna, a Pim był pierwszym rzeźnikiem, bo odtąd ten fach był potrzebny. On pierwszy zabił zwierzę, a trzeba było odwagi, żeby je złapać, unieruchomić, zarżnąć i oprawić, trzeba było odwagi, żeby zabić stworzenie, które biegało w słońcu, które wylegiwało się w wybujałych po potopie trawach, które beczało, wznosząc łeb ku niebu, i wdychało powietrze jeszcze pachnące deszczem. Pim chciał zostać pierwszym mięsożercą. Z tej drogi nie było już odwrotu. Pim, twój czyn ma znaczenie historyczne w dziejach mięsożerców.

Oto na co Pim miał nadzieję wczesnym rankiem na wiejskiej drodze, gdy krowy rozbiegły się po okolicy, a obora została pusta. Oto jego plan: wypuścić krowy, a potem polować. Jak torreador albo jak kowboj. Lasek stał się areną, pojedynek był wyrównany. Lasek to rozległa równina na Dzikim Zachodzie, wypalona przez słońce, piaszczysta. Pim wskoczył na siodło i wyruszył na to normandzkie polowanie jak na łowy na bizona, galopując po suchych kanionach Utah, z lassem w lewej ręce, wodzami w prawej i karabinem na plecach. Czuł się jak

Buffalo Bill, a jego stetson był czarny od potu i brudu.

Pim chciał strzelić do dzikiej krowy, zabić ją jednym pociskiem, trafić za ucho, a potem poćwiartować zwierzę – obedrzeć je ze skóry i podzielić, a zdartą skórę zwinąć i wepchnąć do starej skórzanej sakwy przytroczonej do siodła. A na zakończenie odciąć łeb i jako trofeum przymocować go do końskiej szyi. Pim pragnął zostać rzeźnikiem-myśliwym. *Koniec z hodowlami, koniec z ubojniami, niech każdy rzeźnik weźmie karabin, niech sprzedaje własnoręcznie zabite zwierzę klientowi, który wysłucha opowieści o nagonce: słońce chyliło się nad horyzontem, zaczynała się robić szarówka, od wielu godzin wypatrywałem dorodnej charolaise o miedzianej szacie, która w ostatnich promieniach słońca jest jak płomień, i w końcu coś się poruszyło za kępą krzewów; strzeliłem, szczęście mi dopisało – zabiłem ją pierwszą kulą, i oto mamy tę piękną porcję zrazówki, czym jeszcze mogę służyć?*

Pim już widział ten stragan w mieście na wolnym powietrzu, gdzie na oczach klientów rozbierałby mięso świeżo zabitego zwierzęcia, pośród rozchodzących się woni traw i piżma.

Pim chciał przywrócić rzeźnictwo zgodne z prawami natury, walkę człowieka z krową,

człowieka ze świnią, gołymi rękami, jeśli trzeba –
w błocie. Godził się z ryzykiem odniesienia ran,
a nawet z perspektywą pożarcia przez wieprza,
byle tylko włączyć się w wielką wymianę życia.
Lepiej już zostać zabitym przez byka i zjedzonym
przez świnię niż przez robaki sześć stóp pod ziemią. Być Indianinem, Siuksem, który pozosta-
wia trupy na pastwę dzikich zwierząt, mieszkać
w Nowym Świecie, gdzie niegdysiejsze stada hodowane przez ludzi żyły na wolności, a zatem były
taką samą zwierzyną łowną jak każda inna: świnia
była warta pumy, krowa – sarny. W tym świecie
nie było łąk, na których pasło się bydło, nie było
drutu kolczastego, zagród, pól, tylko ziemia i jak
okiem sięgnąć, gęsta, nieprzyjazna roślinność. To
była piękna i epicka kraina, porośnięta krzewa-
mi kolczastymi, dąbrowami i jabłoniami, a trawa
była tam wysoka, ziemia podmokła i grząska.

Dość powiedzieć, że Pim chciał dokonać re-
wolucji w rzeźnictwie, milowego kroku w tył,
chciał odnaleźć smak mięsa i rozum zwierząt.

Wciąż stojąc na środku opustoszałej drogi, Pim
roił o dziewiczych równinach i dzikich korridach,
a tymczasem wstał dzień, krowy-uciekinierki z ko-

nieczności – zniknęły. Przebiegł go dreszcz – poranna rosa schłodziła powietrze i wyrwała go z zadumy. Czuł chłód, ale i ciepły strumień powietrza na karku – ciemna, nieruchoma sylwetka za jego plecami wyglądała znajomo. Ktoś tu był. Falbanka młodsza. Idealnie nieruchoma, jakby przyspawana do drogi czterema kopytami. Stała za nim, nie usłuchała jego poleceń. Rzeźnik odwrócił się do bydlęcia, które wpatrywało się w niego z powagą. Wielkie, czarne źrenice lśniły w porannym świetle, długie rzęsy najpierw lekko je przysłoniły, potem zaczęły gorączkowo wachlować, jakby za sprawą jakiegoś nerwowego tiku – krowa mrugała, jakby coś ją drażniło albo oślepiało. Choć wciąż nieruchoma jak posąg, musiała przeżywać głębokie wzburzenie, które skupiło się w oczach i zawładnęło powiekami, wprawiając je w niekontrolowane drgania. Czyżby krowa nadawała morsem?

Odejdź, co ty tu jeszcze robisz? Biegnij do koleżanek, idź, jeszcze się spotkamy, a wtedy zrobię z ciebie najpiękniejsze mięso, położę cię na wystawie na złotym papierze, ale wynoś się stąd, do kurwy nędzy!

Krowa stała jak słup soli, a jej migające spojrzenie było niepokojące. Przypominało światło stroboskopowe albo boję ostrzegawczą.

Przestań wreszcie mrugać tymi ślepiami, dopro-wadzasz mnie do szału!

Pod nieprzerwanym obstrzałem krowiego spojrzenia stracił równowagę, mgła zasnuła jego umysł, krew pulsowała w skroniach, serce dud-niło jak gitara basowa, niemal rozrywając klatkę piersiową, aż w końcu Pim wrzasnął, rozwście-czony: *tchórzysz, krowo, nie chcesz stanąć do wal-ki, migasz się, wolisz tkwić w niewoli* – niegodna krowa, która odrzuca wolność, sprawiła, że Pim zaczął marzyć, by przytknąć lufę do jej czarnego oka. *Skoro nic do ciebie nie dociera...* Pim poszedł do samochodu po półautomatycznego brownin-ga, kupionego przez Internet za tysiąc siedemset euro, i pierwszy raz strzelił w powietrze: krowa podskoczyła i zachwiała się na przednich nogach, więc wziął ją na cel, wydając okrzyk bojowy, któ-ry odbił się echem w cichym lasku. Nareszcie, przynajmniej się ruszyła, zaczęła uciekać – przy-szedł czas na polowanie.

Wystraszone zwierzę utknęło między dru-tami kolczastymi, więc Pim je uwolnił i uniósł barierkę zamykającą pastwisko, a krowa pognała w stronę horyzontu, uciekała przez pola niczym spłoszona gazela. Pim dał jej trzydzieści sekund, a potem ruszył tą samą trasą, rzucił się w pościg.

Długie nogi niosły go z łatwością, biegł niemal bez wysiłku, automatycznie, długimi, równymi susami i spokojnie, miarowo oddychał. Czuł się lekki i zwinny, miękka ziemia amortyzowała każdy krok, krajobraz szybko przesuwał się przed jego oczyma, a w dali majaczył już jakiś punkcik. Podszedł bliżej, a punkt się powiększył i nabrał kształtów – była tu, spokojnie skubała trawę w cieniu krzewów, niczego nieświadoma, zwróciła się do niego mordą, ale nawet go nie zauważyła, zbyt zajęta jedzenie.

Rzeźnik przycupnął i ułożył się na wilgotnej ziemi – wtopił się w nią, płaski jak pole buraków, prosty jak karabin w wyprężonych rękach. Zastygł, napiął ciało jak łuk, wpatrzony rozszerzonymi źrenicami w zwierzę, z palcem na spuście – i wziął krowę na cel, a potem, wstrzymując oddech, strzelił, tylko raz, z głuchą detonacją – *one shot* – a kula trafiła w środek klatki piersiowej, przeszyła ciało zwierzęcia, nie natrafiając na najmniejszy opór, nie utykając w żadnym narządzie, sunęła przez mięso jak krążek hokejowy po lodzie, pruła je z prędkością dźwięku i wyszła tuż nad ogonem, nakreśliwszy idealnie prosty tor, fantastyczny tunel – gdyby ktoś przyłożył oko do otworu wlotowego, patrzyłby przez krowę jak przez lunetę.

Zwierzę wyprężyło się, a potem zwaliło całym ciężarem na prawy bok, tracąc czucie w nogach. Pim odczekał kilka sekund, powoli doczołgał się do krowy, która już nie oddychała.

Rzeźnik przyklęknął, podwinął rękawy kurtki, chwycił łeb krowy za róg, bez wahania wyciągnął nóż ze skórzanej pochwy, którą miał u pasa, wprawnym ruchem poderżnął zwierzęciu gardło. Pim miał ten dar – krew trysnęła. Wstał, przygotowując się do poćwiartowania zdobyczy.

Nie zabrał ze sobą skrzynki z nożami, zbyt niewygodnej w tych okolicznościach, musiał więc przeprowadzić całą operację nożem do dzielenia mięsa o palisandrowym trzonku. Jego długie ostrze umożliwiało usuwanie kości, podczas gdy zakrzywiony czubek z łatwością rozcinał skórę.

Pim oddzielił łeb, przesuwając ostrze wokół karku – zapamiętał lekcję w ubojni – ale gruba, rozciągliwa skóra stawiała opór, a ostrze zmagało się z kręgami. Nie poddawał się, ciął na siłę, nie zważając na ból dłoni i palenie mięśni. Koszula przesiąkła mu potem, zanim zdołał uporać się z pracą, a później, dobre dwie godziny po wschodzie słońca, odzierał zwierzę ze skóry, która łatwo odchodziła od mięsa. Zrolował wielki płat skóry jak dywan, jak zakrwawioną narzutę. Ciepło bijące z wnętrzności krowy chroniło go przed wilgotnym chłodem normandzkiego poranka. Kiedy wreszcie skończył oprawianie krowy, czubkiem noża otworzył ją – wykonał głębokie i proste cięcie, jednym ruchem ręki, i zanurzył dłonie we wnętrznościach, żeby je wyciągnąć. Po chwili niemal całe jego długie ramiona były już wewnątrz, a ruchliwe palce szperały w tej ciepłej, lepkiej kąpieli. Na oślep wymacał jelita, serce, wielokomorowy żołądek. Zalany krwią, upaćkany jak dzieciak, spływający potem, który zamieniał się w gęstą, czerwoną maź, klęczał na poczerwieniałej trawie, która rzucała na niego przerażającą poświatę. Zamachnął się, odrzucając daleko trzewia, potem odciął wymiona, z trudem oddzielił nogi, pociął ogon i kiedy słońce stało już wysoko, bardzo żółte, zabrał się do rozdziału mięsa.

Rzeźnik zgodnie z wszelkimi regułami oddzielał poszczególne partie mięsa i widać było, że doskonale zna anatomię i dokładnie trzyma się układu tkanek, przebiegu nerwów i ścięgien. Pierś, mięśnie bliźniacze, łopatka, skrzydło, rozbratel – wyjmował i odkładał każdy kawałek na ziemię, zachowując ich normalną geografię – wszystko zostawało niejako na swoim miejscu. Pim drobiazgowo odtwarzał krowę, układał jak z puzzli jej narządy – ale już na powietrzu, obnażone ze skóry, nagie i płaskie. Wszystko zamieniało się w dłoniach rzeźnika z 3D w 2D – mięso widziane z lotu ptaka, mapa zwierzęcia, tablica anatomiczna z mięsa. Było tu dokładnie wszystko, nie brakowało żadnego elementu, to doskonała mapa, sekcja została przeprowadzona bez zarzutu, objęła całe zwierzę. Oczyszczony, poćwiartowany szkielet, a obok odtworzona krowa – prawdziwa krowa – wszystko, co oferował rzeźnik.

Pim sprawił swoje pierwsze zwierzę. Chwiejnym krokiem, z rozłożonymi ramionami, cofnął się nieco i jak długi padł na ziemię. Był podniecony, oczy mu błyszczały. Wokół panowała cisza, nigdzie nie widać było żywego ducha, powietrze zasnuła różowawa mgiełka, wilgotna ziemia chłonęła i rozcieńczała krew zwierzęcia, przestrzeń wokół wydawała się bezkresna i płaska, jak głęboka, rozświetlona scena.

Pim był wyczerpany, ale rozpierała go duma. Czuł teraz, jak jego mięśnie się odprężają, jak spada poziom adrenaliny, jak krew zwalnia szaleńczy pęd w jego żyłach. Ręce zrobiły się chłodne, krew zaschła na palcach, a jego wypełniała miłość mięsożercy, bezgraniczna wdzięczność wobec zwierząt, które kochał i jadł, które kochał i zabijał. W oślepiającym słońcu przymknął oczy i teraz pod powiekami tańczyły mu migotliwe cienie, głowa ciążyła i lekko opadała. Śnił o pierwszym rzeźniku uzbrojonym w pierwsze ostrze, o pierwszym ogniu pod szkarłatnym mięsem i o pierwszym posiłku. Śnił o wspólnym losie, o splatających się życiach krów i ludzi, śnił o mięsie, mięsie stworzonym przez ludzi po biblijnym potopie.

Pragnę gorąco podziękować Patrice'owi Davidowi, rzeźnikowi z Vanves.

Na serdeczne podziękowania zasługują też wszyscy autorzy, których prace zainspirowały mnie i towarzyszyły mi podczas pisania tej książki: Stéphan Breton, Jean-Luc Daub, Vinciane Despret, Élisabeth de Fontenay, Marcela Iacub, Dominique Lestel, Jocelyne Porcher, Jean Réal, Aline Reyes, Jonathan Safran Foer, Vinciane Despret, Élisabeth de Fontenay, Marceli Iacub, Dominique Lestel, Jocelyne Porcher, Jean Réal, Alina Reyes, Jonathan Safran Foer, Isabelle Sorente.